アフリカの女

パリに生きた日本人による「装飾をめぐる対話」

African Woman
Misaki CHOJAMACHI

アフリカの女

パリに生きた日本人による「装飾をめぐる対話」

長者町 岬

現代企画室

装画＝岡村桂三郎　挿画＝鈴木敬三

目次

プロローグ

エミール・ルールマン『化粧道具収納家具』、杢目のあるコーカサスの楡材、1927年
シメオン・フーコー『家具に嵌め込まれた母子像』
ジャン・デュナン『幾何学文花瓶』、1920年代

プロローグ

家具屋を閉めるまで

アール・デコの商売で儲かった期間は短かった。
それは南洋産の紫檀を使った箱形の家具や、純銀製の角張ったコーヒーセット、そして金属に色漆でギザギザ模様をつけた花瓶などだった。もっともアフリカの黒人美女を描いた絵や、北極の白熊を象った彫刻もあったから、高級材や幾何形態だけがその特徴だったというわけでもない。

自分で売ってきたのにうまく説明できない。要するに、一九一八年に終わった世界大戦後の開放感や、日常が復興したパリの生命力、ココ・シャネルがデザインしたスーツの颯爽とした雰囲気、そうした時代の新しい息吹を感じさせる身辺の品々がアール・デコなのだった。

それがどんな芸術かわかりにくいのは、名称のせいでもある。そもそもこの言葉は、フランス語で〝装飾芸術〟を意味するアール・デコラティフを約《つづ》めたものなのだ。だからアール・デコという名称は、通り名、愛称、業者仲間の符丁だといってもよい。実際、一九二五年のパリ博覧会でアール・デコが一気にデビューしたときも、ぼくはこの言葉が公式ガイドブックなどで使われていたという記憶はない。

とはいえ名無しの権兵衛では、お客さんにアール・デコのイメージをつかんでもらえない。そこでぼくは、先端的な都市空間を演出する高価な家具や食器、花瓶、壁掛けなどの代名詞としてこの言葉を使ってきた。

それにしても、アール・デコの流行はすさまじかった。一九二五年にパリで国際博覧会が開催され、そこに設置されたパビリオンをアール・デコが席巻すると、この芸術の人気に火がついた。

パリではだれもが家庭にあった曲線的なかたちの、つまりはっきりいってしまえば猫足のついた貴族趣味の調度品や食器類を、直線を強調するアール・デコのそれらに置き換えていった。親が大金をはたいて買ったものは古道具屋の店先に追いやられ、博覧会以来の流行品が百貨店のショーウインドウから家庭になだれ込んできた。

それを横目で見て、ぼくもこれでひと稼ぎできると思った。それで中古家具の修復と販売を業務にしていた自分の店を、今出来《いまでき》のアール・デコの販売に切り替えたのだった。いまから思えばこの選択が裏目に出た。もっともその目論見ちがいによって、ぼくの人生には思いもしなかった運命が待ち構えていたことに気づかされたのだから、人生はわからないものだ。人間万事塞翁が馬、といったところか……。

正直にいえば、あのころぼくもこの新しい芸術のとりこになっていた。というのもアール・デコの魅力もさることながら、ぼくの店にそれを買いにきてくれた顧客が、ぼくの母国にはいないタイプの人たちだったからだ。

彼らはかつての王侯貴族とはちがって、ブルジョワジー（市民階級）に属していた。しかもその階級のなかでも上のほうの富裕層だった。要するに、彼らは先の大戦後に成り上がった人たちだったのだ。こういう輩《やから》をなんと呼べばよいのだろう。戦後に社会の上層部を形成した実業家や大企業の管理職、果てはなにをして金持ちになったのかわからない金満家たち。ぼくは彼らのことを一括して、とりあえずブルジョワと呼んできた。

毀誉褒貶のはげしい彼らだが、ぼくは彼らの底知れぬ力をもった、どこか奔放で自己肯定的な生き方に引かれている。「なんだお前はブルジョワの肩をもつのかよ」と誰かにからかわれそうだが、ぼくはこんな人たちを日本で見たことがなかった。日本にももちろん自信満々な人たちはいたが、ブルジョワのように自らの才覚を頼りに自分たちの時代をつくることに気概をもっている社会集団はなかった。

そんな彼らの生活を演出するアール・デコが登場して、その幾何形態のもつ直線が、ロココやアール・ヌーヴォーの曲線を時代遅れにしてくれた。ぼくにはそれが専制政治の時代にたいする最終的な訣別宣言であるように感じられて爽快だった。

要するにぼくは、アール・デコとそれを好むブルジョワを選択したというわけだ。

ところが二五年の博覧会からすでに一二年が経って、いまのぼくはもう、どうやって在庫を売りさばこうかと頭を悩ませている。アール・デコの流行が終わってしまったといえばそれまでだが、いっとき嵐のように吹きまくったブームはなんだったのか。流行の賞味期限は短く、ぼくの商人としての肌感覚でいえば、あの博覧会が閉幕して数年後、おそくとも一九三〇年ころが最後だった。

ぼくのブルジョワ傾倒も、どうだろう、すこし熱が冷めてきた。いまにして思うと、どうして彼らの生き方があんなにまぶしく見えていたのかわからない。ブルジョワが衰退したから、アール・デコの流行が終わったのか。だとしたら、ブルジョワのなにが変わってしまったのだろうか。頭はぐるぐる回りするばかり。もうだめだ。店を閉めるしかなかった。

パリでの商売に失敗したぼくは、これからニューヨークに渡って新天地で再起を図ろうとしている。ぼくの原点は家具屋だ。あっちでも、馬鹿のひとつ覚えといわれるだろうが、フランス高級家具の輸入販売をするつもりだ。海の向こうで新規蒔き直しだ。

さて、自己紹介が遅れてしまったが、ぼくの名前は三門《みかど》次朗。東京幡ヶ谷の生まれ。今年

（一九三七年）で五三才になる。

もとはといえば、絵描きになるのを夢見てパリに渡った洋行組のひとりだった。しかし才能は開花せず、いつしか家からの送金も途絶えた。ムフタール街という下町にあった屋根裏部屋で、その日のパンもない生活をしてきたので、ずっと独り身を通してきた。

当時のパリには、背中に北斎漫画の鯉を染め抜いた着物を着流し、ジャポニスムを売り物にしてモンパルナス界隈を歩きまわる画家くずれの日本人もいたが、ぼくはそんな真似をする気にもなれなかった。

横浜にある洋家具輸入会社の現地雇いになってからは、ようやく人前にでられる服が買えるようになった。一九二一年、三七才のときに自分の家具屋を開くことができた。店の名前は、ちょっと気取って「La lune du coin　街角の月」。

あの博覧会でアール・デコに触発されて、一念発起する四年前のことだった。

こと志と違《たが》ったのはすでにいった通りだが、店の場所は指物師が集まっているマレ地区だったので、客がもちこむ家具修理や、ときおり舞い込む家具注文の請負だけでも、店をつづけられないこともなかった。が、それでは先が見えている。そこで、ニューヨークでもうひと勝負することにしたというわけだ。

アメリカでは一九二九年一〇月に株価が大暴落していた。それが世界恐慌となって、パリにも押し寄せてきた。だがフランス高級家具の魅力は、ニューヨークではまだ神通力を失っていないのではないだろうか。そんな甘い期待をぼくはすてきれないでいる。もうパリには戻らないつもりだ。

⁂

ニューヨークへの渡航には、ぼくは森谷《もりや》広子を誘ってみた。

森谷広子の稼業も美術商である。もっとも取扱品は一九世紀末のアール・ヌーヴォーなので、ぼくが売買してきた今出来のアール・デコではないから、美術商といっても骨董屋といった方がわかりやすいかもしれない。

彼女のほうは、ぼくと違って商売が順調のようだ。店だってマレ地区のようなユダヤ人街ではなく、エスタブリッシュメントが多く住むルーブル美術館近くのパレ・ロワイヤルにある。

そんな森谷広子には、ちょっとした立志伝があった。これは虚実の定かではない世間話のたぐいではあるが、彼女は東京で私立女子美術学校を出て、二〇才そこそこで婚約者の待つパリに来てみたら、すぐにけんか別れしてしまったそうだ。相手も日本人で、茶、生糸、陶磁器、銅器を欧米に輸出する商社を、フランスで起す野望をいだいてパリに来ていた人物だったらしい。しかし、そう目論見通りにはいかなかった。婚約者は尾羽うち枯らしていたのだが、そんな男に森谷広子は愛想を尽かしてしまった。

しかし親の反対を押し切って出てきたてまえ、彼女もすごすごと帰国するわけにもいかず、パリの東駅近くにあった、シベリアホテルというすさまじいあだ名をつけられていた木賃宿で悶々としていた。そんなとき、たまたま行ったクリニャンクールの蚤の市でエミール・ガレやドーム兄弟の花瓶を見つけ、掘り出し物を転売しながら彼女は這い上がってきたのだった。だから森谷広子の場合は、結果として、アール・ヌーヴォーを選択したということになる。蚤の市では、女子美で習得した真贋を見分ける目が役立ったことだろう。

まだ三〇才代後半だというのに、彼女はもう店を構えているので、パリの業者仲間からは一目置《いちもく》かれている。彼女のほうでも、「無一文の移民のような自分が、フランスの商売人と仲間になれたことがうれしい。パリでの自分の居場所がようやく見つかった」と話していた。

そんな経歴が、彼女に流暢な語学力と、人の気持ちをそらさない話し方を身につけさせた。そこで一〇年来の知己でもある彼女に、ぼくは旅の道連れを頼もうと思いついたわけだ。

それに旅行中、彼女と交わすであろう美術をめぐる対話に、ぼくはおおいに期するところがある。というのも取扱品が、アール・ヌーヴォーとアール・デコと違ってはいても、顧客の心をつかむ彼女の商品選びには定評があるので、ぼくはそのあたりの極意をつかみたいと思っていたのだ。なにしろぼくの店は閉店の憂き目に遭っているのだから、仮に森谷広子の芸術観が客の素人趣味を擁護するものであったとしても、ここは虚心坦懐に彼女の話を聞かなければ。

反対に彼女のほうが、ぼくの話を聞いていて苛立つかもしれない。森谷広子は自分の仕入れてくるアール・ヌーヴォーが、いまでは骨董品であることを熟知しているからだ。つまり、彼女は昔を懐かしむタイプの顧客を相手に商売をしてきたので、流行に乗ろうとしてアール・デコに目をつけ、その顧客であるブルジョワに傾倒するぼくの考え方が、対話していて鼻につくのではないかと気になってしまう。

でも、彼女に嫌われても仕方がない。徹底的にそんな芸術観をこきおろしてもらうことをぼくは願っている。

要するに、ぼくにとって森谷広子と交わす対話の眼目は、アール・デコの流行とその衰退の背景を探りだすことにあるのだから。それを邪魔しているぼくの思い込みを、徹底的に叩き直さなければ新世界での成功は覚束ないだろう。そこまでぼくは切羽詰まっているのだ。

こんな下心（？）をもっていたので、ぜひとも彼女には同行してもらいたいと思っていた。そこで、船の一等料金をぼくが負担するという条件で頼んでみた。

そうしたところ、彼女はあっさり応じてくれた。あまつさえ、森谷さんは一等船賃は自分が払うから心配しなくていいとぼくの申し出を断ってくれた。アメリカでの販路拡大を狙っているので、ニューヨークで輸入代理店を探すために、自分も近々渡米しようと予定していたというのである。

まさに同床異夢。ぼくにとってのアメリカ行きは再起の旅、森谷さんにとってのそれは飛躍の旅だった。

船旅には二年前に就航したばかりのノルマンディー号に乗ることにした。この船はフランスがイギリスに対抗して造った〝浮かぶ宮殿〟というふれこみの豪華客船である。それこそ船内を飾る芸術はアール・デコだといわれている。アメリカで再挑戦する前に、評判の豪華なアール・デコを自分の目で見ておきたかった。

ノルマンディー号の一等船賃は思いのほか高かった。たった五泊六日の船旅なのに、あの金額を払えば、最近ミシュランタイヤがはじめた格付けで、最高ランクの三つ星がついたパリのリッツホテルにだって、スイートルームでなければ一週間や十日くらいは滞在できるだろう。船賃はぼくの在庫のなかでは値の張るものを同業者に買い取ってもらって工面した。

九月一八日、ぼくは片道切符で旅に出た。この日は土曜日、日本ではもうすぐお彼岸の入りだと森谷広子がいっていた。

彼女とはパリのサン・ラザール駅で落ち合った。彼女のいでたちは、短く切った髪につば広の帽子、黄色いワンピースに淡いグレーの合服《あいふく》コート。思っていたよりも華やかなので、ぼくもダブルのスーツを着こんできてよかった。船の出るノルマンディーのル・アーヴルまでは汽車で行き、午後になって乗船した。

一日目

『金融業で成功した市民階級の邸宅』、1887年頃
中央の『猫足が付いた書斎机』は、フランス王室家具師ジャック・デュボワの製作、楢材に黒色塗。邸宅の主人がこの机を購入したとき、それはすでに百年前の骨董品だった。
ジャックマール・アンドレ美術館、パリ

一日目

ブルジョワに憧れて
――一九三七年九月一八日

船の第一印象

数年前に観た「商船テナシチー」という映画では、乗船客は舷側《げんそく》に吊り下げられたタラップを斜めに登っていた。ノルマンディー号でもそんなものかと思っていたら、この最新鋭船では桟橋のターミナルビルから搭乗橋を水平に渡って乗船する仕組みになっていた。

「森谷さん、連絡通路を進むようで船旅の情趣がそがれるね」

「これが進歩というものなのよ。わたしは楽でいいけど」

「船内も、最近のコンクリート建築みたいに、ホワイトキューブが基調だったら厭だな」

そんなことをいいながら舷側の入口をくぐると、ぼくの不安はあっさり裏切られた。一等客用のエントランスホールに足を踏み入れた途端、ぼくはその場の雰囲気に圧倒されてしまった。船であんなに威厳のある空間を体験したことはない。

部屋全体の造作は、むしろ簡素だった。しかし天井は高く、壁一面を埋めつくしている縞模様のパネルは、大理石のように見えた。エントランスホールと、その奥にある一等客用食堂とを仕切る両開きドアも、高さが六メートルもあった。それは鋳造品で、緑色の漆で塗り上げられていた。

調度品にしても、有名作家のものがずらりと並んでいたというわけではない。家具といえば待ち合わせ用のソファーとテーブルのセットが、何組か置かれていたにすぎない。

そのうちのひとつに、ぼくたちは座ってみた。

「なんだか威圧感があるね」とぼくがつぶやくと、森谷広子も「古代ローマの宮殿の回廊みたいだわ。ドアの向こうに入っていくと、このさき自分にはどんな運命がまちかまえているのだろうかとわくわくする。というより、身ぶるいさせられる」と応じた。

実際、この空間には背筋が伸びるような緊張感がみなぎっている。どこにも超絶技巧を駆使した加飾はないのに。でも、大理石のような高級石材や、ブロンズのような重厚な材料は惜しげもなく使われている。

こういうのが、〝今日の装飾〟というものなのだろうか。すくなくとも、このホールはそう主張している。いわば、奢侈《しゃし》を尽くした装飾である。

こういう奢侈をブルジョワ趣味とけなす向きもあるだろうが、やはり贅を尽くした装飾には、人の魂をゆさぶる力がある。しょっぱなから、ぼくはこのホールの設計者が提案する装飾の哲学に屈服させられてしまったというわけか。手荒い歓迎だ。

世間ではこの船の内装をアール・デコだという。でもこれほど簡素で、それでいて重厚感ならばふんだんにある装飾を、アール・デコと呼んでいいものかどうか判断に苦しむ。もっとも船全体が同じ調子で統一されているかどうかは、まだわからないが……。しかしこれがこの船の装飾哲学の、すくなくともその一端であることは認めざるをえない。

「やっぱりアール・デコは変化しているんじゃないだろうか?」と、森谷広子に話しかけると、

「そうみたいね。でも、細工物の装飾がなくたっていいじゃない。次朗さんは日本人なのよ。いつまでも超絶技巧が好きなんだから」

さっそく、森谷広子に痛いところを突かれてしまった。これから先、これまでぼくが慣れ親しんできた装飾やアール・デコの概念には、修正が迫られることになるだろう。

あとで知ったことだが、船室にあったパンフレットによれば、あのホールを設計したのはピエール・パトゥという建築家だった。この人は一九二五年の博覧会でも起用されていたし、その後は外洋豪華客船の艤装の第一人者として活躍してきたという。でもそうだとすれば、パトゥがアール・デコを当初の金ピカ趣味から、重厚さを旨とするこの船の装飾に脱皮させたのが

意外だった。

裏返せば、こういう豪華客船に乗るブルジョワが、パトゥに依頼して、アール・デコを重厚な装飾に深化させたということじゃないか。〝ブルジョワもけっこうやるな！〟というのが、ぼくがこの船から受けた第一印象だった。

エリートビジネスマンの神殿

こんなことをエントランスホールで話し合っていたのだが、夕食まではまだ時間があるから、いったんそれぞれの船室に行って着替えてから、そのあとプロムナードデッキで落ち合おうということになった。まずは、船旅がはじまる気分を満喫したかった。

ぼくは先にそこに着いた。この船は一四階建てで、プロムナードデッキは一一階の船首寄りにあった。そこは一等客専用だった。こういう公共エリアにも、等級による区別があることに驚かされたが、もっと船首寄りに行くと、やはり一等客用の〝冬の庭〟と称する、観葉植物の繁るサンルームが用意されていた。

プロムナードデッキには、やはり船旅を味わおうとする客たちが三々五々集まって静かに談笑していた、といいたいところだが、実際には大ちがいで、彼女が来たので二つ並びのデッキチェアを探そうとしたら、それもたいへんなほどの混雑だった。

それに、集まっている人たちの大半は、休暇を過ごす老夫婦ではなかった。いまが働き盛りの男性とその奥方たちだ。だから服装も格子柄のジャケットに開襟シャツといったリゾート風に混じって、ニューヨークに着けばすぐにでもオフィスに向かえそうなスーツ姿が目立った。みんな大きな声で話している。騒々しい。開け放しの窓から入ってくる潮の香りが、一服の清涼剤だった。

しかし考えてみれば、仕方のないことかもしれない。

「森谷さん知ってた？　この船では、乗客全体のなかで一等客の人数がいちばん多いんだってね」

「それでこんなに混んでいるの。普通は三等のお客さんがいちばん多いのにね」

「この船では逆なんだ」

ノルマンディー号の場合、乗客定員のなかで一等の人数が格段に多く設定されていた。パンフレットの受け売りだが、総定員は一九七二人。そのうちの八四八人が一等客なのである。全体の四割強が一等に割り当てられている勘定になる。

三等の定員は四五四人だから一等の約半分だ。これでは、一等客用のプロムナードデッキがごった返すのも無理はない。

「ほかの豪華客船でも、一等のお客が多いの？」

「そのようだ。でも、昔はそうでもなかったらしい」

後で調べたことだが、ノルマンディー号の僚船でも、以前の船では一等客より三等客の定員が多かった。

たとえば一九二一年に就航したパリ号。総定員一九三〇人のうち一等客は五六〇人で、全体の三割弱でしかなかった。それにたいして三等は八四〇人で全体の四割強だった。一等対三等の比率は、ノルマンディー号とはほぼ逆だったことになる。

ついでにといってはなんだが、一九三〇年に就航したわが日本の氷川丸では、一等の比率は全体の約二割でしかなかった。総定員三三一人のうち一等は七六人だったのに対して、三等は一八六人で全体の半数を超えていた。

だから一等客が四割強を占めるノルマンディー号は、まさにブルジョワのために造られた船だったのだ。

「どうしてこんな逆転現象が起きたのかしら？」

「たぶん、アメリカに行く移民が減ったからじゃないかな。一九二四年にアメリカ政府が移民法を改正してね、それで南欧と東欧からの移民はきびしく制限され、日本からの移民にいたっては実質的にシャットアウトされてしまった」

「でも、だからって急に一等に乗る人が増えるかしら?」

「二九年に株価が大暴落する以前のバブル経済期に、大西洋を往復する実業家が急増したんだろう。船会社が、そういうエスタブリッシュメントの要望を見逃すはずがない」

「欧米の経済界を牛耳りだした商工業や金融業のエリートビジネスマンね。わたしは二九年の大恐慌のとき、なぜ不況の波が海を越えてフランスまでくるのかわからなかったわ。だけど、いまや経済は国境を越えているということね。それでこの船は大西洋を渡る速さも売りにしているんだ」

「森谷さん、この船の最高速度を知ってる?」

「また、そんなこと訊いて、時速、約六〇キロでしょ。わたしだって船室にあったパンフレットで読んだわ!」

「ノルマンディー号は、一九三五年五月の処女航海で、実質、四日と三時間二分でフランスからニューヨークへと渡り切り、最速記録を打ち立てたんだって。日本の氷川丸は最高速度が約三四キロだから、およそ二倍の速さだ」

ノルマンディー号が速いのは、この船が電力で走る船だからである。ボイラーで沸かした蒸気で発電し、その電力でスクリューにつながるモーターを回している。

「今回の旅だって、九月一八日の午後にル・アーヴルを出て、二三日の朝にニューヨークに着くから、乗船しているのは足かけ六日間だけど、移動時間は四日と数時間ということになる」

とぼくが聞きかじりの説明をすると、たいくつした森谷広子は、

「船の速さもいいけど、かんじんな装飾の豪華さはどうなの？」と話題を変えてきた。

さすがに彼女は商売人だ。話の勘どころをはずさない。

「アール・デコの装飾でいうと、一九二七年に就航したイル・ド・フランス号がいちばん豪華らしい。あの船の艤装は二〇年代半ばにおこなわれているから。客室の家具製作にはエミール・ルールマンが起用されているしね」

「そうすると、イル・ド・フランス号よりも後のこの船は、アール・デコじゃないということになるのかしら。さっき次朗さんもいってたもんね、この船の装飾は二〇年代のアール・デコとは違うって」

「三〇年代に入ると、ぼくの店でもアール・デコの売れ行きにかげりが見えはじめたからね。お客さんはアール・デコの外観を追うんじゃなくて、そこに精神的ななにかを求めはじめたみたいだったしね……」

「次朗さんは、アール・デコの変化が気になって仕方がないみたいね。わたしは芸術の流行な

んて、みんながコレクションしているうちに、自然と変わっていくものだと思っているけど。〝歌は世につれ世は歌につれ〟っていうでしょう。芸術も歌とおんなじよ」

「そうだよな。だからぼくの店は潰れたんだしね……」

「わたしは商品の売れ筋って、変わっていくものだと割り切っている。だいたい変化を気にしていたら、商売なんてやってけないわ。それに装飾それ自体だって、郷に入れば郷に従えで、日本の細工物趣味はフランスでは通用しないでしょう」

商売の勘どころといい、装飾の見極めといい、森谷広子のいう通りだ。彼女と話してると、つくづく自分が商売には向いていないと思い知らされる。

時代につれてアール・デコが変化したからといって、そして、その理由が説明できたからといって、彼女が言外にいっているように、時流を押し止められるわけでもない。

それよりも重要なことは、ノルマンディー号がエスタブリッシュメントに狙いを定めた船だという事実である。この船には三〇年代の社会で隆盛をきわめるエリートビジネスマンとその夫人たちの感性に合った装飾がほどこされているはずである。

それが徹底的に追求されていなければ、彼ら彼女らは高額な船賃を払ってまでこの船に乗ってくれないだろう。ぼくはよく調べもせずにこの船の切符を買ってしまったけど、まだ現役でいる僚船のイル・ド・フランス号やパリ号ならば、もっと安い料金で大西洋を渡れるのだった。しかも、イル・ド・フランス号ならば正調のアール・デコを堪能できたはずだし。

だからノルマンディー号には、いまをときめく彼ら彼女らの、本音の装飾趣味が実現されているはずだ。この船は戦後に登場した〝エリートビジネスマンの神殿〟なのだ。

「ぼくは決めたよ。これからの六日間の船旅で、彼らや、もうすこし枠を広げてブルジョワたちが、アール・デコを変えてきたという点に的を絞って、その理由を掴んでやろうとね」

「そうよ。そうすればニューヨークでの商売にも光が見えてくるわ！」

コルビュジエは装飾を怖れた

森谷広子はぼくに調子を合わせてくれたけど、きっとぼくの表情は硬かったんだろう。ぼくの気持ちをさぐるようにこう訊いてきた。

「二五年の博覧会のころから、ル・コルビュジエっていう建築家が、装飾を目の敵にした論陣を張っているけど、あれはどうしてなの？　そもそも装飾だけじゃなくて、絵でも彫刻でも要するに建築以外の芸術はみんなオフリミットなのかしら。

――それともコルビュジエはブルジョワが嫌いだから、それで彼らが贔屓にしているアール・

デコの今日的装飾は側杖《そばづえ》を食わされているのかしら？」

「あの人は自分で絵も描くし、リプシッツというキュビスムの彫刻家だけど、ぼくにはアール・デコの彫刻家のようにも思える人の彫刻には心を許しているけどね。それにコルビュジエはブルジョワと無縁なわけでもない。彼が設計したロッシュ邸の施主は銀行家で、サヴォア邸の施主は保険会社の社長だったんだから」

「それなら、どうして装飾を攻撃するの？」

「装飾を好むブルジョワの〝生き方〟が、自分の建築思想に組み込めないんだろう」とぼくが応じると、

「その思想ってどんなもの？」と彼女の疑問はさらに深まる。

「思想って、かんたんにいえば理屈だからね。筋道立っていないといけない。だから違和感がある生き方を、〝小異を捨てて大同に就く〟といった具合に許容することが難しい。ドグマに陥りやすいんだ」

「そのドグマって？」

「コルビュジエの前には、オーストリアのアドルフ・ロースや、ドイツのヴァルター・グロピウスといった建築家がいたよ。この人たちは、〝日常使うものから装飾を除くことが文化の進歩なのだ〟なんていう大仰《おおぎょう》な進化論を立てたんだ」

「なんか、お節介な正義感を振り回しているって感じがするけど……」

「彼らの根っこは、北方系あるいはゲルマン系の禁欲主義なんじゃないかな。だから無装飾が好きなんだ。彼らは言葉で納得しないと気がすまない。そこへいくと、フランス人はラテン系だからね、享楽的な装飾愛をもっている。コルビュジエたちはそれが癇に障るんだろう」

「なるほどね！　でも待って、コルビュジエはフランスの人じゃないでしょう」

「彼の母国はスイスだ。それに、彼は若いときにドイツ工作連盟の中心人物だったペーター・ベーレンスの事務所で働いていたことがある。その縁で、ドイツ工作連盟が主催した労働者用住宅の建築計画にも参加しているので、彼はゲルマン系の質実剛健が趣味なんだろう」

　森谷広子は、そんなことはどうでもいいじゃないって顔をしている。

「相撲に勝って勝負に負ける、という言葉もあるでしょう。コルビュジエの〝家は住むための機械だ〟という宣言は、若い建築家の気持ちを鷲づかみにしてしまったらしいけど、でもどうなんだろう、いまやフランス社会で実権をにぎるブルジョワたちの心には、そんな青臭い書生論は響かないんじゃないかしら」

「それはぼくも感じる。彼の言葉はきつくて、以前も『建築をめざして』[1]という本を出して、にわか成金のブルジョワを罵倒していたけどね」

「どんな風に？」

「彼はブルジョワの邸宅で見かけるのは、〃狭すぎる壁、無用でちぐはぐな品々による場所塞ぎ、どれもが嘔吐をもよおさせるオーブュソン製のタピスリーや、サロン・ドートンヌに展示されている絵画みたいなもので偽物だ。あらゆる様式のまぜこぜ、馬鹿げたがらくたにすぎない〃なんて言い放っていたよ」

「言いたい放題だね」

「でもあれは、現代では芸術の実権は顧客の側、つまり注文する側、選択する側、修正する側、支払う側が握っていることへの怒り、あるいは怖れなんだろうね」

「怒りはわかるけど、その怖れの正体はなにかしら……」

⁂

あらためて森谷さんにこう訊かれて、ぼくはサヴォア邸に行ったときのことを思いだした。

「森谷さん、サヴォア邸って聞いたことあるよね。さっき話したブルジョワの別荘だよ。無装飾建築の成功例だといわれているところだけど」

「行ったことないけど、写真で見たことがあるわ。素っ気ない建物ね、お豆腐が宙に浮かんでるみたいな」

森谷広子も無装飾がお気に召さないらしい。

「パリ郊外のポアシーにあるんだよ。以前、なんの前触れもなく、サヴォア夫妻がぼくの店に来たことがあってね。それがご縁でお訪ねしたことがあるんだ。別荘だけに敷地は広くて、緑の芝生に白い建物がまぶしかった」

「あのあたりは土地が安いって、知り合いがいってたわ」

「まあ、そういわないで……。二階建てだったけど、一階部分は内側に引っ込んでいて、外周の円柱が二階を支えていた。だから森谷さんがいうように、浮いているような建物だった」

「それで内部の無装飾はどうだったの?」

「それはほんとにあっさりしてた。台所の棚にずらっと並んだ磁器製の食品容器を見たときは、理化学研究室に薬品瓶が置かれているような錯覚にとらわれたよ。いやいや、こんな悪口をいうために思いだしたんじゃない!」

「じゃあ、無装飾をどう思ったの?」

「ひとことでいえば、非日常感覚に溢れていた。ご夫妻は親切に屋上庭園まで案内してくれたんだけどね、ところが居間に入ったとき、ぼくは不思議な気分にとらわれた。コンクリートにペンキを塗っただけの、壁紙を貼ってない空間に身を置いたとき、ぼくも建物と同じように浮遊しているようだった」

その体験は、喩えていえば建築途中のビルで、まだコンクリートを打っただけの部屋にいるような感じだった。もうすこしましな例でいえば、そこはまだ壁に絵をかけていない美術館のようだった。寄る辺ない空間に不安を覚えたというわけだ。

「森谷さんも、他人の家、たとえばまだ付き合いだして日の浅い彼氏の家でもいいけど、そこで壁紙や家具や書棚に並ぶ本の背表紙を何気なく見ていると、そんな片々たる物と家の住人とが交わしてきた歴史が感じられることがあるでしょう。それがあると住人の〝人となり〟がわかるんだけれど、あの居間ではそれが感じられなかったんだ」

「結局、室内の乱雑な品々が人生を演出していると、次朗さんはいいたいの？」

「まさにそう。そんな細々とした物の選択にこそ、人生観が滲みでるんだろう。そうした人生観の表出こそが、コルビュジエが怖れる装飾の正体なんだと思う。無装飾空間に迷い込んだことで、ぼくは自己喪失したような気分を味わい、自分の分際や社会的立ち位置さえも朧気《おぼろげ》になるという体験をしたんだ」

「そういう意味では、自分の装飾趣味が他人に知られるのは、恥ずかしいことかもね」と、森谷広子が突っ込んできたので、ぼくは言わずもがなの体験談まで話してしまった。

「もしもサヴォア氏があの居間に、田園で若い男女が踊る絵空事の情景を織りだした、それこそオーブュソン製のタピスリーを掛けていたとしたらどうだろう。ぼくはそこに貴族趣味の残滓を嗅ぎとって、こいつはなんて俗物なんだと心の内で軽蔑したにちがいない。またもしもそこに、サイゴン港に停泊するフランスの貨物船を描いた油彩画が掛かっていたとしたらどうだろう。ぼくの頭からはベトナム人の宗主国にたいする怨嗟が飛んでしまって、アール・デコの家具を仏印へ送った場合の保険料率について、サヴォア氏に質問していたかもしれない」

「そんなに恥ずかしい話でもないんじゃない？」

「恥ずかしいのは、この先なんだ。先年日本に帰国した折の体験なんだけどね、船が台湾の基隆《キールン》に寄港したとき、埠頭の一角に台湾総督府が設計した楕円窓のあるアール・デコ調の『海港大楼』ビルがあるのを見て、ぼくは日本による極東の文明開化に誇りを感じてしまったんだよ。自分が総督にでもなったような気分でね……」

「次朗さんも日本男児だったというわけか。それにしてもサヴォア夫妻は、なんの目的で次朗さんを別荘に招待したの？　もしかしたら、コルビュジエの目を盗んで、素っ気ない居間に、こっそりアール・デコ家具を置こうと思ったのかしら？」

「残念ながら、そんな依頼はなかったけどね」

「でも、次朗さんはサヴォア邸に招かれてよかったね。反面教師だったけれど、ブルジョワが装飾、つまり今日のアール・デコを媒介にして、自分の思想信条、職業的基盤、社会的存在意義など、要するに施主が築いた人生そのものを表明しているってことに気づけたんだから」

「そうだね。コルビュジエのような建築家が怖れているものの正体、それは〝装飾は人生観の表明〟というブルジョワの信念だったんだ。ぼくはそう確信したよ」

ぼくがこういうと、森谷広子は思いがけないことにまで話を進めてきた。

「コルビュジエがほんとうに怖れているのは、ブルジョワの人生観のもっと先にあるものかもしれないわね」

「どういうこと?」

「彼が怖いのは、ブルジョワが建築設計の決定権を握りつづけて、手放そうとしないということなのよ。だって、家の設計でブルジョワが人生観を主張するってことは、建築家側が思い通りに設計できないっていうことでしょう」

「そうか! いま気づいたよ。ぼくはこれまで両者の攻防は、建築家の合理主義に対する、施主の芸術趣味という視点でしか見てこなかったけど、実はその攻防の根底には、設計の決定権をめぐる、建築家とブルジョワとの主導権争いがあったんだ」

「わたしは芸術趣味については、あなたに合わせることができないけど、でも芸術を発注したり買ったりする主導権が、施主やお客の側にあるという考えでは、あなたと一致しているわ。だから、わたしたち共闘できるわね。骨組みだけの椅子を設計しているコルビュジエのいいなりにはなりたくない」と、森谷さんから威勢のいい申し出があった。

ぼくに異論のあろうはずもなく、二つ返事で応じた。

ぼくの話は観念論に走りやすいけど、実際、コルビュジエにしてみれば、装飾への畏怖は、仕事を受注する際の現実論だったのかもしれない。

「森谷さん、二五年の博覧会のときコルビュジエの建てたエスプリ・ヌーヴォー館に行ってみた？」

「行ってない。どこにあるのか、わからなかったの！」

「グラン・パレの左奥だったので、ぼくも見に行こうとして、最初は見つからなかった。場末だったね」

「そうか。でもあの博覧会は、官民挙げての装飾芸術復興プロジェクトだったでしょう。後回しにされても仕方がないわ」

「そこだよ！　コルビュジエからすれば、そういう冷遇にファイトを掻き立てられたんだろう。彼の立場にたてば、いましがたの主導権争いの話だって、建築という領域の独立宣言だったのかもしれないしね」

「次朗さん、そんな甘いこといっちゃだめだよ。つぎは、建築家を怖れさせたブルジョワの人生観を解き明かさなければ！　それって、どんなものなのかしら？」

迷宮趣味

開けっぱなしの窓からプロムナードデッキに吹き込む海風がつよくなってきた。ひとつ下の階にある大客室に行って、お茶にしようということになった。

大客室に足を踏み入れて、先に声を上げたのは森谷さんのほうだった。

「すごいじゃない、フランスのいろんな花が赤い椅子に織りだされている！」

あとで知ったのだが、張り生地にはコルビュジエが貶《けな》したオーブュソンのタピスリーが使われていた。オーブュソンは家具修復でいつも世話になってきた一五世紀からの織物産地なので、ぼくにも馴染みが深い。

まずは赤いオーブュソンの椅子に陣取って、エスプレッソを注文する。

「椅子も華麗だけど、それにもましてここに来る途中で乗ったエレベータードアと、その両サイドの壁面。あれに気づいた？　金属をまだら格子状に鍛造したドアや壁面があったでしょう。よくぞ船会社はああした実用的な部分の細工にまで、当代一流の職人を起用したものだと感服させられたよ。あれはレイモン・スューブという金工家で、自分の店でも発注してきた人

なので詳しいんだ」とぼくが話を接《つ》ぐと、森谷さんは、

「わたしは今出来のアール・デコのことはよく知らないけど、ブルジョワって細部まで手を抜かずに装飾をほどこさなければ気がすまないみたいね。空間恐怖症みたい。文字のアラベスクで天井や壁を埋め尽くしたイスラム宮殿を思いだしたわ。ブルジョワも、空間に余白を残したくないんじゃないかしら」と、ぼくが思いもしなかった感想をもらしてくれた。

たぶん空間を埋め尽くす願望は、ブルジョワの人生観に由来しているんだろう。でも、すぐにその話に入る前に、森谷さんが扱っているアール・ヌーヴォーのガラス花瓶について訊いてみたい。

いったいどんな人たちが、どんな気持ちでそれを買っていくんだろう。

「さっきプロムナードデッキで話していたことのつづきだけど、森谷さんの店に来るお客もブルジョワなの？」

「お金持ちであることには間違いないけど、次朗さんの顧客だった人たちとは違うんじゃないかな。わたしの取り扱い商品は、骨董品のアール・ヌーヴォーだからね」

「経済的余裕のある人たちなんだから、大枠ではブルジョワに括《くく》っていいのでは？」

「でもね、お客さんの選択眼が、アール・デコを見るときとは違うような気がするのよ。裕福ではあっても金ピカ趣味じゃないわ。野暮ったい感じがしないの。喩えていえば、元は貴族

で、いまは実業家に転身している人たちじゃないかな」

「だったら、森谷さんの顧客はブルジョワとはいえないね。いまの身分はなんであるにしろ、裕福でしかも貴族趣味を継承する人たちなんだ。そういう人って、フランスにたくさんいるの?」

「わたしのお客さんは、イギリスやドイツにも多いのよ」

「意外だね。ドイツにも装飾好きな人がいるんだ。それで、彼らはノスタルジーでガレやドーム兄弟のガラスを買うの?」

「そうとは限らないけど……」


話が行き詰まってしまった。そこで話の矛先を変えてみる。ヴェネチアに行ったことがあるかと訊いてみた。商売柄、ヴェネチアガラスにも興味があるのではないかと思ったのだ。


これが功を奏した。森谷広子の旅行譚は、ヴェネチアで買った半透明や金赤のガラス杯にはじまって、ムラーノ島の工房ではそうしたガラスを復元しているという話にまで広がっていった。最近では時代物のヴェネチアガラスを仕入れて、自分の店で売っているのだという。

「お客さんは迷わない?　ヴェネチアガラスは案外と地味だけど、アール・ヌーヴォーのガラスはカラフルだから目移りして決められないんじゃないの?」と訊くと、

「そもそも最初から目当てがあって来る人は少ないわね。次朗は今出来のアール・デコを扱ってきたから違うんでしょうけど、わたしのお客さんは古い美術品で、気に入ったものがあれば買うという人が多いわ」

「ということは、お客さんは古くて美しいものが好きなんだ」

「そうともいえるけど、ちょっと違うかな。古くて美しいだけじゃなくて、お客さんは珍しいものに引かれるから」

同じ美術商でも、扱う商品が異なるとずいぶん違うもんだ。ぼくの店に来ていた客は、もちろんそれぞれに好みはあったが、目星をつけている家具や銀製のコーヒーセットを使うときの状況（時・場所・機会）について質問する人が多かった。この家具を書斎に置いたら、人からどんな風に見られるか、といった具合に。彼らは自分の生き方を演出するためにアール・デコを買いにきていたんだ。

では、森谷広子の店に来る客は、ガラスの花瓶や杯になにを求めているのだろうか。

「それは、ひとことでいえば、迷宮《ラビリンス》じゃないかな」

なんだそれ、思いがけない言葉を聞かされた。

「わかったようで、わからない言葉だな。迷宮ってなに？」

「そういうことは評論家に訊いて！　わたしにとっては、迷宮って魔法の言葉よ。開けゴマみたいなね」

森谷広子は商売の極意を話しだした。

「迷宮で見つけた珍品ですよっていえば、お客は納得して買うし、その人は自宅の応接間に置いて、来客相手に話を切りだすきっかけを手に入れられるじゃない」

ほんとにそうだ。これに気がつかなかったぼくの商売が傾いたのも当然だった。

古美術を買う客の理由が迷宮趣味だとすると、彼らの邸宅は〝偽物的、あらゆる様式のまぜこぜ、馬鹿げたがらくた〟の置き場所、じゃなくて珍品の宝庫だということになる。

そうか、森谷さんが建築家の装飾攻撃を煙に巻くいい方法を教えてくれた。迷宮趣味はブルジョワの人生観と同じではなさそうだが、でも金持ちが珍品を蒐集したがる切実な趣味ではあるらしい。

「森谷さん、いい話をしてくれた」

「珍品蒐集の話が役立った?」

「さっき話してた、〝装飾は施主の人生観の表明だ〟なんていうほど深刻ではないにしても、珍品蒐集にも金持ちの主張があるんだね。ありがとう。迷宮に遊ぼうとする気持ちは元貴族にかぎったことではないだろうし、フランス人に特有なものでもないだろう。人間の本能に由来しているから、万古不易、どこでも、いつでもそういう人たちはいるだろうね。ただ、西洋人が中近東や、インド、中国、日本の文物と初めて出会った時期には、迷宮への誘惑はつよかったんだろうな」

迷宮趣味が流行した最盛期は、ぼくがパリに来るよりも前のことじゃないだろうか。一八八〇年ころに日本の工芸品が欧米で珍しがられたという話を聞いたことがある。そのときの余韻はいまでもまだ残っているらしく、パリの蚤の市に行くと、日本風のキャビネットや北斎漫画を売っている店を見かけることがある。

「森谷さんは、迷宮趣味の邸宅に迷い込んだことはないの?」

「あるわ。もう何年も前のことだけどね、日本の鎧兜を身につけ、捧げ銃《つつ》のように薙刀《なぎなた》をもった少年くらいの背丈の武者像が、警護兵の威容よろしく玄関ホールで左右に向き合って出迎えてくれた邸宅に招かれたことがある。確かロンドン近郊のカントリーハウスだったわ」

「ぼくのサヴォア邸体験より、だいぶエキサイティングだね」

「その邸宅には、日本以外にもエジプト、ペルシャ、インド、中国、ジャワなど、あちこちの国の置物や仏像、果てはアメリカ原住民の羽根飾りまでが、所狭しとマントルピースやテーブルの上に並んでいた。いわゆる古美術のほかにも呪術品、発掘品、人類学の標本と、賑やかなことこのうえなかったわ」

ヴィクトリア朝の英国にオーウェン・ジョーンズという人がいて、『装飾の文法』という文様辞典を編纂していたけど、あれなんかもこういう迷宮趣味を放置したままでは、英国の製造業者が、それを輸出商品に応用しようとしても困るだろうから、世界の珍品を体系化しておいてやろうと、彼が義侠心を出した成果だったにちがいない。

「そういう手当たり次第の蒐集は、眉をひそめて〝折衷主義《エクレクティシズム》〟と揶揄されていたけど、イギリスだけの現象じゃなかったらしいね。ぼくもヨーロッパ各国の美術工業博物館を訪ねたとき、同じような珍品類を見たことがあるよ」

「でもわたしは、あのカントリーハウスに招き入れられたとき、いやな感じはしなかったわ。むしろ迷宮《ラビリンス》に足を踏み入れたことで、心が浮き立った。わたしたちの本能には、珍品につつまれて理性を麻痺させてみたいという欲望があるんじゃないかしら。理性からの解放よ。そんな欲望の発露だって、人生観の追求なんだと思う。そこに人間が装飾を必要としてきた秘密があるのよ」

こんな話を聞くと、三〇才そこそこの森谷広子が目をくりくりさせながらカントリーハウスを歩いている姿が目に浮かぶ。可愛らしかったんだろうな。

「なに、にやにやしているの！」

「いやいや。ぼくも二五年の博覧会で、そんな気持ちにとらわれたことがあるよ。新聞や雑誌は幾何形態を強調したパビリオンや箱形家具の写真ばかりを載せていたけどね。実際の会場には凱旋門を想わせるイタリア館や、時代遅れのアール・ヌーヴォー調が目立つベルギー館、数寄屋造りの日本館、そして植民地のローカル色ゆたかなパビリオンまでが渾然一体として並んでいたでしょう。その混乱ぶりが祝祭気分を盛り上げていた」

「博覧会場の外で画家や詩人が興じていた〝狂騒の二〇年代〟も、同じようなものだったわ。乱脈、混乱、雑多、好奇心、胡散臭さ、そんな秩序破りが、中近東のバザールを想わせた。西洋人が忘れてしまった人間のバイタリティを呼び覚ましていたのよ」

「森谷さんも、彼らが夜な夜なたむろしていたモンパルナスの、ロトンドやクーポールといったカフェに出入りしていたの？」

「わたしは婚約者と別れたあとだったんで、そんなお金はなかったけどね。でも、わたしの店も、バザールのミニチュア版といったところなのよ。元貴族や、それに類する西欧の富裕層は、わたしの店に来て手軽な迷宮めぐりを楽しんでいる。人はいつだって珍しい装飾なしには生きられないのよ」

⁂

森谷広子も、そんな手合いと同じで迷宮趣味に浸っているのかな。もしかしたら、彼女の部屋も珍品で足の踏み場もないのかもしれない。

勝手な想像を巡らせていると、さっき注文したエスプレッソがようやく運ばれてきた。日本人はせっかちだといわれるが、フランスではお茶ひとつ出すのに、なんでこんなに時間がかかるんだ。いまの日本では和魂が洋才に押されているけど、和魂にもいいところがあるんじゃないか。

それはともかく、迷宮趣味でまだ胸に落ちないところがあったので森谷さんに確認してみる。「元貴族たちの珍品蒐集には規則性がないというけど、ほんとにみんなてんでバラバラに選んでいるの?」

「わたしの店ではそうね。お客さんたちは他人と違うものを選ぼうとするわ。貴族って固い絆で結ばれた集団じゃなくて、群雄割拠していた人たちでしょう。彼らがひとつの集団であることを保証するものは、爵位という制度しかなかったわ。だから、いまのブルジョワ化した元貴族たちも、珍品を買うときは個人の趣味で選ぶ傾向がつよいみたい」

「ぼくの店でアール・デコを買ってくれたお客は、個人というより集団という感じがしたんだ。彼らはたいてい夫妻で来店して、自分たちがブルジョワ集団に属していることを確認しようとしていたからね。だから、アール・デコも彼らの絆だとさえ思えた」

「そこは決定的に違うわね。わたしのお客さんには、自分たちが集団だという意識もなければ、ましてや自分たちを結びつける絆を求めようともしないわ。でも、わたしはそういう孤立した個人の群れのほうが好きだな!!」

「どうして?」

「だって、絆で結ばれた集団を相手に商売するのって、面倒くさそう」

どうやら森谷さん自身が、個人であることを好んでいるらしい。

アール・デコ

「フランスの金持ちは複雑だね。珍品に金をつぎ込むときはひとりで迷宮を愉しむけど、アール・デコを買うときはみんな揃って仲間意識を確認するなんて?」

迷宮趣味というものがどうにも理解しきれないぼくは、こんな曖昧な言葉を発してしまった。でも森谷さんはいやな顔をしないでくれた。

「ブルジョワだって普段は個人主義でしょう。ところが、あの人たちはなにかの拍子で共通の問題にぶつかると連帯するのよ。だから装飾のことも、連帯の絆として理解する癖があるのかもしれない」

「そう、その〝連帯〟だったんだ、ぼくが気づかなかったのは。連帯主義が、ブルジョワの人生観の根っこにあるんだよ」

「わたしは、その連帯が鬱陶しいんだけどね……。次朗さんは連帯するブルジョワが好きなわけね」

「それは認めるよ。でも、彼らの連帯はナショナリズムとは違うよ。彼らは大勢集まって誰かの指導のもとに、みんなが同じ方向を向くことは嫌いだ。自分たちのことは自分たちで決めるという自発性の原則を、彼らは放棄しない。考えを行動に移すときも、国家や権力者から干渉されるのを嫌う。だからブルジョワはアール・デコを選ぶときも、自分で決定しているんだ」

「つまり次朗さんは、ブルジョワの連帯は当事者たちが自己決定しているという点で、その根っこは個人主義だというわけね」

「そうだね。そもそも珍品選びのときは自己中心だけど、現代美術を選ぶときは大勢順応だなんて、人間がこと美術蒐集にかんして、そんなに器用に人生観を使い分けられるはずがない。元貴族にしても、ブルジョワにしても、彼らの本質は個人主義なんだよ」

「たしかにそうね。そういわれて思いだした。わたしの父は三井の重役でね、年を取ってから古美術蒐集にも手を出したのよ。でもあれって日本美術の文脈にどっぷりはまっていたわ。日本の骨董蒐集は、個人の趣味が希薄だったわね。なにしろ蒐集するのは、評価が江戸時代から定まっているものばかりなんだから。自慢するのは、自分がいかに競争相手を出し抜いて名品を入手したかという話ばかり。田舎の素封家からのし上がって、中央の実業家集団にはやく溶け込もうとしていたんでしょうね」

「森谷さんのお父さんは、どんな画を買っていたの？」

「知らないな。売り立て目録を見て、華族が手放す画に目星をつけていたようね」

「冷たい娘だね」

「そんなことといったって、しょうがないでしょ！　あの人はただ由緒由来に引かれていただけなんだから。江戸幕府の柳営御物《りゅうえいごもつ》にあった掛け軸や抹茶碗を、目録で見つけようものなら、もう大騒ぎだったわ。そういう定番を集めていれば、あいつは安心できる骨董仲間だって認めてもらえたんじゃないの」

「道楽まで好き勝手にできないなんて、明治の日本は息苦しいな。しかしお父さんのそういう骨董趣味をはたで見てきたのに、森谷さんもパリで古美術商を生業《なりわい》にしているなんて、人生は皮肉なものだね」

「でも日本の骨董趣味と西洋の迷宮趣味は、似て非なるものよ。次朗さんにいわれるまで気がつかなかったけど、わたしは父親の大勢順応主義にたいする反発から、フランス人の迷宮趣味に共鳴したんだと思う。日本の明治が息苦しいという点では、わたしもあなたと同じ。だからわたしは、元貴族たちの好き勝手な珍品蒐集にシンパシーを感じていたんだわ」

⁂

話しも一段落したので、それぞれの部屋に戻って休もうということになった。

窓から外を見ると、海は日没後のすべてが青みを帯びて見えるなかで波立っている。船はイギリス海峡を渡って、サウサンプトン港に向かいつつある。

ノルマンディー号はキューナード汽船会社のクイーン・メアリ号と競い合って、イギリス人客も奪って大西洋を渡ろうとしているのだ。

さっき部屋まで送っていったとき、森谷さんは、昨夜は荷づくりで遅くなったので眠たいといっていた。

しばらくしてから、部屋係りに連絡してもらう。すると軽い夕食なら取ってもよいという返事だったので、一時間後に軽食堂《グリルルーム》で待ち合わせることにした。

彼女は仮眠をしていたのだろうか。「起き抜けの顔じゃない？」と気にしている。

ビールで乾杯すると、彼女はどこで手に入れてきたのか、ノルマンディー号の食事メニューを見せながら、どうして生牡蠣がないのかしらという話をしだした。明日の夜は一等食堂で本格ディナーにするから、そのとき給仕長に訊いてみようということになった。でも、いくら浮かぶ宮殿でも、パリの海鮮レストランが出すフリュイ・ド・メール（生の牡蠣や貝を盛り合わせた大皿）にありつくのは無理じゃないだろうか。

きょうのところは、ありきたりの料理で我慢してもらおう。

さっきは森谷広子が〝迷宮趣味〟の思い出を披露してくれたので、こんどはぼくのほうから口火を切ることにした。

「ちょっと前に知り合った人なんだけどね、ベルナール・カバルという人がブルジョワとアール・デコの関係について熱く語ってくれたことがあるんだ」

「その人も、ブルジョワなの？」

「いや、その反対だった。カバルはブルジョワを嫌っていた。彼は国立高等美術学校《エコール・デ・ボザール》の卒業生でね、美術学校出のつねとして絵は売れず、若いときは金が無くてどん底の生活をしていたそうだ」

「そこまでは次朗さんと同じね。類は友を呼ぶんだ！」

「笑うことはないでしょう。それにぼくは東京工業学校の工業図案科の出だよ。最初は設計技師を目指していたんだ。それはともかく、彼の場合はその後ジャーナリストに転身して、パリ風俗や文芸評論の本を何冊か出すようになってからは生活も安定したそうだ。でも画家時代のボヘミアン気分が抜けず、いまだにブルジョワには馴染めないといっていた」

「そういう人が、ブルジョワやアール・デコについて語ったの？」

「そうなんだ。反撥しながらもやはり気になるらしい。敵を知りたいという気持ちなんじゃないかな」

「じゃあ、坊主憎けりゃ袈裟まで憎いで、かわいそうにアール・デコも辛辣に批評されたんじゃないの？」

「そりゃあそうだ。カバルはまずブルジョワを俎上に載せてね、〝いまやあの集団は、金融業や製造業はいうまでもなく、劇団、出版社、新聞社、画廊にまで融資をしはじめている〟と文句をつけていた」

「だったら、最近流行しているロシアの前衛バレエや黒人レビューの公演、それからアール・デコの制作にまで、ブルジョワは口出しする権利があると考えているわけ？　それは問題じゃない」と、森谷さんもカバルに煽られるように彼らを批判する。

「まずはカバルの語った全体を紹介しておくとね、彼はブルジョワをこんな風に定義していた。〝一般的には彼らの職業は、銀行、保険会社、新聞社、各種製造業の経営者といった実業家や、そうした会社の管理職だということになっているけど、実際にはそこに、血筋や家系によらず自力でのし上がってきた政治家、技術官僚などの高学歴者や、マスコミをにぎわしている有名人も加えるべきだ〟とね」

「そうでしょうね。そこはわたしも賛成。だってブルジョワは、実はフランス人ばかりではないんだから。ロシアやトルコで革命が起きて、そこから亡命してきたお金持ちのユダヤ人たちやその子孫もいるのよ」と、森谷さんもうなずく。

「でも、ここからが金に苦労してきた人らしいものの見方なんだ。彼は〝戦後になって一九世紀の市民階級《ブルジョワジー》は変化した〟と言い切ったよ。いわく、〝いまの富裕層は旧体制の頂点に君臨していたカトリックの宗教界や、その下にいた王侯貴族を革命で倒した市民たちの末裔だから、彼らのことは正確には市民階級と呼ぶべきだろう。だが、すでに彼らの職業は多様化しているし、それぞれの立場にそなわる権力も複雑になってしまった。だから市民階級という呼び名のままでは、彼らの実像はとらえきれない。そこで俺は彼らのことを、ブルジョワジーを約《つづ》めて、ブルジョワと呼んでいる〟というんだ。

――カバルがそう断言してくれたおかげで、内心そう感じていたぼくの胸のつかえも下りたよ」

ぼくの商売人としての肌感覚でも、いまの富裕層は彼らの親や祖父の世代とは、ずいぶんとちがっている。先の大戦前に青春時代をおくった市民階級は、ぼくの店に来て自分が貴族の出ではないのにもかかわらず、王政時代のロココ調家具はないかと訊いてきた。貴族趣味を追慕しているな、と感じたものだ。

「だからぼくの商売感覚でいえば、市民階級とブルジョワの違いは、前者は貴族の館を引き継いだ人たち、後者は自分流に館を造った人たちということになる」

「でもそれは、家具のかたちや、椅子に貼る布地柄の変化といった程度のこと、つまり流行の違いでしかないんじゃないの?」

「とんでもない! ブルジョワは館のなかに、以前はなかった喫煙室、音楽室、体操室、冬の庭なんてものまで造り込んでしまったんだよ。体操室はフィットネス・ジムで、冬の庭はサンルームのことだったけどね。これは生活革命といってもいいものだった」

話をカバルに戻そう……。

「彼はさっきの見方を補足して、〝結局、戦前の市民階級は二つの階層に分化した〟といっていた。彼は上層を〝裕福なブルジョワ層〟と呼び、下層を〝精神的にはブルジョワでも経済的には低所得な会社員、個人商店主、技術職人といった大衆層〟と呼んでいた。

――でもそれらを区分するのは、〝カースト制度のような生まれもっての身分ではなく、年収の差でしかない。金さえあれば自由に上昇できる〟とも言い添えていた」

ヒロコが茶目っ気をだして、

「それでは売れない画家は、どうなるの？」と訊くので、

「それはもちろん、どっちでもないさ。彼らは肉体労働者や農民と一緒で、プロレタリアートなんだろうよ」と、ぼくはカバルの口調を真似て答えておいた。

「いかにも絵がブルジョワに買ってもらえなくて、つらい思いをしてきた人らしい観察眼だね」とここまでのところ、大筋において森谷広子もカバルの見立てに異論はない。


ところが、ここからだった。カバルの本心にぼくが言及すると、彼に同調していたはずの森谷広子も、それは言い過ぎなんじゃないという顔をしはじめた。

「カバルは、〝ブルジョワの生き方の根底にある型破りな人生観が気にくわない〟と力説していた」とぼくがいうと、

「型破りな人生観？　なにそれ、おもしろそう」と、森谷さんが食いついてくる。

「ひとことでいえば、現世的な生き方だろうね。彼はこういってたよ。〝ブルジョワやその夫人たちは、趣味のよしあしは別としても、親とは違う自分自身の趣味をもつ気概をもっているからね。だから彼らは、両親や祖父母に眉をひそめられてもかまわない。自分の生まれ育った

環境をこえて生きようとする旺盛な生命力にみちあふれている。既成の秩序に縛られないところがあるんだ〟とね」

「それってブルジョワの欠点というより、むしろ長所なんじゃない？」

「カバルはこうも言い切ったよ。〝彼らの正体は産業資本家であり、しかも政治にも口をだす支配階級だからね、あいつらは金儲けしか頭にない放恣無軌道な連中だ。それに彼らは宗教を信じなくなりだしたから、たいていのことは金で解決できると思っている〟と」

「なんだかコルビュジエの物言いと似ているわね。カバルも元は画家志望だったというけど、画家や建築家は自身の領域の独立を望む気持ちが昂じると、お金がなければ万事休すの世の中に腹が立つんでしょうね」

「そうかもしれないね。カバルはだめを押すように、ブルジョワのアール・デコを見る目についても批判した。

――彼らはそれを、商業主義に踊らされた都会の新風俗だろうというくらいに呑んでかかっている。アール・デコなんて、昨夜見たつじつまの合わない夢みたいなもんで、混沌とした流行だというくらいにしか見ていないのさ。俺はアール・デコを、いちおう創造活動のひとつとして認めているよ！　でもやつらときたらあの芸術に深遠な意味なんか見いだしていないね」

こんなところが、カバルのボヘミアン魂が吐いた言葉だった。実をいえば、以前はぼくもブルジョワやアール・デコを、同じように観察していた。でもだからといって、カバルのようにそれらを嫌っていたわけではなく、むしろ逆だったけど……。しかし最近になって、「その観察は間違いだった」と思うようになった。

⁂

いまのぼくの話を聞いて、森谷さんはどう感じたろう。カバルのことをめんどくさいやつだと思ってもいいけど、ぼくのことまで敵対視しないでくれるといいんだけど……。

そんなことを考えていると、さっき注文した彼女の「ブルターニュ風オムレツ」と、ぼくの「マカロニグラタンのカレー風味ライス添え」が運ばれてきた。彼女はオムレツが甘塩で、ふわふわとろとろしているのがいいと喜んでいる。ぼくもカレーの風味が一筋縄じゃなくて、なるほど美食の国の味だと思いつつも、いましがた話してしまったブルジョワにたいする悪口が気になって、カレー味に集中できない。

そんな気持ちを見透かしたように、森谷さんが訊いてきた。

「次朗さんはカバルと違って、ブルジョワを擁護しているのよね。でも、どうして彼らにシンパシーを感じるの？」

「そう大上段に振りかぶられると、答えに窮するけど……。しいて挙げれば、ブルジョワの連帯志向がつよいところかな。さっき森谷さんが鬱陶しいといっていた連帯だよ。彼らは連帯して自分たちの時代をつくっている。あるいは、連帯して自分たちが存在した痕跡を歴史に刻み込もうとしている。そんな生き方に引かれるんだと思う」

「デリカシーのない質問をしちゃったみたいね。ごめんなさい。でも答えてくれてありがとう。いまの話を聞いて安心したわ。廃業で次朗さんは落ち込んでいると思っていたけど、どうしてどうして意気軒昂じゃない。そういう男気のある次朗さんも嫌いじゃない。それに、わたしにはそういう考え方ができないしね」

「どうして?」

「死して後に名を残すという願望がないのかしら……。わたしの場合はもっと現世的で、いまのままで裕福になりたいの。これって女性的な願望なのかもね」

「ぼくの世代は、日本で忠君愛国や儒教教育を叩き込まれてきたからね。そんな天皇制の対極にあるブルジョワ魂がまぶしいんだよ。尋常小学校のとき、紀元節などの旗日《はたび》には校長が教育勅語を奉読していた。最初のほうならまだ覚えている。『朕惟《ちんおも》ふに、我が皇祖皇宗《こうそこうそう》、国を肇《はじ》むること……』なんて言葉ではじまるんだ。日本だと愛国心と国粋主義とがすぐに混同してしまう。その点、フランスのブルジョワはそこのところを冷静に分けて、権力と闘ってでも、自分たちの国と人生を守り抜こうとしている。だから彼らの生き方をぼくは嫌いになれないんだ」

「ブルジョワの連帯が、日本の忠君愛国と無縁なのは確かだけど、——フランスでいえば王政復古を阻止しつづけているということかな——、でもその反動かしら、彼らは享楽的な欲求が激しいけどね」

「狂騒の二〇年代のことをいってるのかな？　その狂騒はアメリカにまで伝染し、多いときにはアメリカの富豪を乗せた客船が、一日に七隻もル・アーヴルに入港したという話もあるからね。でも、そんな狂騒も含めて、ブルジョワのエネルギッシュな生き方には、自分自身にたいする信頼がみなぎっているように思うんだ」

「彼らのパワフルな生き方の根底には彼らの連帯があるという説には、わたしも同感よ。でも連帯と彼らの装飾熱、具体的にいえばアール・デコ愛好ね、それらの間には関係があるの？」

「その点については、自分の商売の経験でしかいえないんだけど、ブルジョワはアール・デコを自分たちの芸術だと思っているんだろう」

「次朗さん、今日の午後乗船したときから、アール・デコが一五年のころとは変化してるって、ずっといいつづけてきたもんね。あれは、ブルジョワがあの芸術を自分たち好みに変えてきたっていう意味だったのね。ようやく理解できたわ。でも、なんのために自分たち好みに変えたの？」

「それが装飾の力だよ。さっきプロムナードデッキで話していたことさ。彼らはアール・デコを自分たちが連帯するための絆だと思っているんだろう。彼らはそれを姿見にして自分たちの人生観を確認しているうちに、いつしかアール・デコに、自分たちの好みを要求しだしたんだろう」

「アール・デコは彼らの絆か……。すごい話になってきたね。かんたんにいえば、ブルジョワは目的があって、アール・デコを買っていたっていうことね」

「そうじゃないかな。実はね、ぼくも最初は偏見で彼らを見ていた。彼らは社会的ステータスや経済力を誇示する見栄があって、高額なアール・デコを買っているとぼくは睨んでいたんだ。でも彼らには目的、というよりも思惑のあることが分かってきた」

「流行品を買うのに、思惑があったっていうの？」

「そうさ。そのなによりの証拠は、彼らがぼくの店でアール・デコを買わなくなったことだ。ぼくは彼らの思惑に気がつかなかったから、商品の品揃えを二五年の博覧会当時のままにしておいた。つまり、幾何形態を強調した家具・食器や、金ぴか趣味のジュエリーを商品棚に陳列していた。そうしたら、三〇年ころを境にぱたっと売れゆきが止まったんだ」

「それは、小洒落た品々があきられた、というだけのことじゃない？」

「それだけじゃないな。ブルジョワ自身、自分がアール・デコになにを求めているかを自覚しだしたんだ」

「顧客たちは、なにを求めていたっていうの？」

「自分たちはたんなる金持ちじゃなくって、有益な社会集団だってことを訴えたくなったんだと思うよ」

「有益な社会集団？　なにそれ」

「詰まるところ、カバルがいっていたブルジョワの悪口、あれをすべてひっくり返すと、彼らは有益な集団だという話になる」

「たとえば？」

「彼らが産業資本家で、しかも支配階級だというのが、その最たるものだよ。金と権力を手にすれば、王侯貴族にこき使われることから逃れて〝望み通りに生きる〟ことができるんだという自己実現の手法を、満天下に知れ渡らせたんだよ。これなんかカバルが気取っていたボヘミアン魂にも通じるんじゃないか？」

「世のなかを自分たちなりにアレンジしたい、という願望を放棄しないってことね」

「まさにそう。だから彼らが劇団、出版社、新聞社、画廊にまで融資しはじめているという話にしても、カバルも金さえあればそうしたいんじゃないかな？　こんど会ったら訊いてみよう」

「次朗さんの話の通りだとすれば、ブルジョワはアール・デコを、蛹《さなぎ》が蝶になるように変態させたのかしら？」

「変態か、言い得て妙だね」

「でも、疑うわけじゃないけど、アール・デコが変態したのは事実だとしても、そこにブルジョワの関与があったっていえる根拠はあるの？」

「ぼくも、彼らがぼくの店で家具や食器を買ってくれていた二〇年代には気がつかなかった。そうじゃないかと思いはじめたのは、三〇年代に入ってからだ。彼らが身辺の器物を超越して、公共の場にアール・デコ彫刻を設置しだしたり、三一年の植民地博覧会に際して建築された植民地博物館で、外側と内側の壁面を、アール・デコのレリーフとフレスコ画で埋め尽くしてからだね。博物館の玄関脇に置かれていた巨大なアテーナー像、あれなんかその最たるものだ。幾何形態にデフォルメされていたから、アール・デコ彫刻といっても誰からも異論が出ないと思うんだけど、あれはアール・デコの人形がまさに変態した姿だった」

「一九三〇年以降のアール・デコには、ブルジョワの生き方が凝縮されているということね。次朗さんの擁護を聞いているうちに、わたしも感化されてきた」

「ブルジョワの現世的な生き方なくしては、アール・デコは今日を代表する芸術にはなりえなかったんじゃないかな」

「でもね、食い下がるようで悪いんだけど、ブルジョワの側に自分たちのことを讃えてくれる芸術が欲しいという欲望があったんなら、家具のエミール・ルールマンや銀器のジャン・ピュイフォルカのような芸術家がそれを察知して、先回りしてアール・デコを変態させていたんじゃないの?」

「彼らは、二五年の博覧会当時が頂点の作家だったよ。だから三五年に就航したこの船では、つぎの世代にあたる装飾画のジャン・デュパや、漆画のジャン・デュナンのような作家が起用されているんだ。それにね、天才作家が芸術を革新するという考えは俗説だよ。コルビュジエもいってたでしょ。〝いまや芸術を革新する実権は、作品を注文する側、選択する側、修正する側、支払う側が握っている〟って」

森谷広子は、ぼくの話が常識はずれなので、付いていけないといった風である。

「結局、ブルジョワって戦略的なのね。自己保存のために独自な芸術を創ってしまうくらいなんだから……」

「戦後の成り上がり者はいまでこそ押しも押されもせぬ上流層だけどね、二五年の博覧会当時はまだ新参者の集団だったんだろう。芸術家たちはブルジョワが、将来アール・デコの上得意になるとは思っていなかったのかもしれないよ」と補足したけど、所詮、その場しのぎの取り繕いでしかなかった。

森谷さんが「それはそうね」と、相づちを打ってくれたからよかったけど……。

「彼らは見かけは低姿勢だけど、実は自己肯定欲のつよい集団であることは間違いないよね。さっきもいったけど、そんな彼らのブルドーザーのような自己肯定願望、これがあるからぼくは彼らを擁護したくなるんだ！」

こんなことをいえば、森谷さんにはブルジョワ礼讃に聞こえるだろうなと思いつつ、でもわれながら歯止めがきかなくなってしまった。

「カバルのシニカルな物言いを裏返せば、装飾はブルジョワを二〇世紀の統治者たらしめた手段のひとつでもあったわけだ。だからぼくはこう考えている。装飾ってのは〝自分が帰属する社会集団の存在感を示威する思想だ〟とね。ぼくは西洋人にはなれっこないけど、こう考えてニューヨークで家具販売の仕事をするつもりだ」

ぼくは森谷広子のまえで、思いがけず言挙げをしてしまった。

「次朗さんならできると思うよ。応援するね。でもちょっと心配だな。装飾の原理みたいなことにこだわるのは。ビジネスマンとしては危険な気もするけど……」

「そこは注意しないと躓《つまず》くね。それにアメリカ人も、フランス人のように連帯志向がつよいかどうかもわからないからね」

こんなことを話しているうちに、夜がふけた。森谷広子は眠たげな顔をしはじめた。寝息でも聞こえてきたたひにはたまらない。部屋に戻ろうということになった。

二日目

レオポルド・モーリス『マリアンヌ像』、1883年
レピュブリック広場、パリ

連帯
――九月一九日

二日目

マリアンヌ登場

今朝も森谷広子を誘ってプロムナードデッキに出てみた。やはり混雑している。昨夜サウサンプトンからイギリス人が大勢乗り込んできたらしい。英語が飛び交っている。

大西洋は曇り空のにぶい光を反射させている。水平線を見ると一直線ではなくギザギザしているから、遠くの方で海が荒れだしているのだろう。だんだん、この船も揺れだすのにちがいない。

こうした夏の終わりのような風景を見ていると、まだ一晩しかたっていないのにパリのことが懐かしく思いだされる。モンパルナスの灯が恋しいというのではない。

森谷広子もいっていたように、フランスのブルジョワは特定の政治目標がなくても、なにかの拍子に連帯することがあり、正義が自分たちの側にあると思えば一致団結して行動するのだが、そんな人情味のある関係が移民社会のアメリカでも形成されているのだろうかと、ふと心配になったのだ。

ぼくがときどき診てもらってきたパリの貧乏医者から聞いた話だけど、彼が住む下町のアパルトマンで、不治の病におかされた弟の治療費を稼ぐため、部屋に男を招いて怪しい商売をはじめた姉がいたそうだ。それを知った大家が、その姉弟を追い出そうとしたところ、入居人たちが連帯して大家を断念させてしまうという出来事があったという。

相手が規則や法律を盾にとっても、連帯して刃向かうパリっ子流儀に、ぼくも馴染んでいたらしい。この話の登場人物は、富裕層じゃなくて貧乏な大衆だ。でも気質は通じ合っているんじゃないか。

ぼくはこの出来事を知って、貴族や聖職者のことはいざ知らず、その他大勢の市民たちにとっては、連帯というものが身近なのだと気づかされた。

ブルジョワが装飾を愛する気持ちにも、美の審問官づらした建築家ふぜいに俺たちの趣味をとやかくいわせてなるものか、という負けじ魂のような連帯感が混じっているにちがいない。

こんな思い出を問わず語りに話していると、森谷広子が訊いてきた。

「次朗さんは、ほんとうに連帯のことが頭から離れないんだね。きのう植民地博物館のアテーナー像の話になったときも、ああいったアール・デコの彫像をパリの街でしばしば見かけるけど、あれは〝ブルジョワの連帯を象徴している〟っていってたもんね」

「ぼくの持論になっちゃったね」

「ブルジョワはあの種の彫像で、自分たちをどう見せようとしているのかしら?」

森谷広子の質問が、とつぜん核心を突いてきた。

「女神像によって、自分たちのことを〝堅気の集団〟だといいたいんじゃないかな」

「世間ではブルジョワのことを、法に触れさえしなければなんでもありの輩《やから》だと思っている人たちが多いからね。そういう負の印象を払拭したいわけね」

「そんな印象ロンダリングに、ギリシャの女神はうってつけなんだろう。なにしろブルジョワは、その役割をキリスト教の聖母マリアに頼むのだけは御免被りたいと願っているからね。ブルジョワや彼らのご先祖は、カトリック教会から金《かね》の亡者だと非難されつづけてきたでしょう。――かといって、彼らはもちろんギリシャ神話を信じてはいない。あくまでも連帯の象徴にはもってこいだということで、ギリシャの女神に悪役イメージの改善を依頼したんだろう」

「日本でいえば、国家鎮護のような公的行事のときには、仏教の盧舎那仏《るしゃなぶつ》にその任を依頼するけど、村の田植えで雨乞いをするときには、民間信仰の水神《すいじん》さまにお願いしてきたといったところかな」と、森谷さんは西片町のお嬢さま育ちらしからぬことをいう。

「思いがけない喩えだね。実際、キリスト教の登場人物たちは、悪人を説教して更生させるからね。うるさいんだ。そこいくと、水神さまや神話の神は理屈抜きで済ってくれるから。それでブルジョワは、ギリシャの女神になびくんだろう」

「でも、パリの街ではあちこちでギリシャの神像を見かけるじゃない。ブルジョワの時代以前からあれらは設置されていたんじゃないの？」

「そう思っている人が多いけど、それは誤解らしい。例のカバルもいってた。〝王侯貴族はギリシャの神像を必要としていなかった。あれはいまのブルジョワのご先祖が、共和政治を樹立したことの証《あかし》だったんだ。だから、いまではその数は百を超えているけど、あれらが設置されたのはナポレオン三世の帝政が崩壊した一八七〇年以降なのさ。それ以前は七点しかなかったんだ〟ってね。だから〝彫像としては駄作だ〟なんて、余計なコメントも加えていたけど」

「共和政治の証ねえ……。だとすると、女神像は市民階級《ブルジョワジー》が掲げた革命の理念を代弁していたということになるわね。それで駄作だったのか！　ロダンと較べると、ああした彫像はどれもこれも教訓的だからね」

森谷さんは、妙なところに同調している。

「芸術性なんてどうでもいいでしょう!!　女神像の本務は、市民階級に共和政治を忘れさせないことにあったんだから。それにね、ここがフランスの面白いところなんだけど、そうした女神には先駆者がいたんだ。マリアンヌっていうんだよ」

「マリアンヌも街で見かけるわね。気にしてなかったけど、彼女いつ登場したの？」

「大革命の後だよ」

「たとえば、レピュブリック広場のマリアンヌ像。何度も目にしているでしょうけど、あれは第三共和政が樹立されて一三年後の、一八八三年に建てられたそうだ。広場の名前も共和国広場という意味だしね」

「それでだよね。台座部分に自由、平等、友愛という三つの石彫が置かれているのは。でも彼女の出で立ちは、ギリシャの女神そのものじゃない。右手でオリーヴの枝を持っているでしょう。あれって平和の女神のアイコンだから、ますます女神然としているわ。だからマリアンヌは共和政治の守護神ということね」

「ところが、そうは問屋が卸さない。彼女は女神ではなかったんだ。架空の人物だった。そういう名前の女神は、ギリシャ神話には出てこない。彼女の役どころは、なんだったんだろう。共和政治の指導者、体現者、代弁者、報道官、はたまた記号、旗印。どれを持ってきてもしっくりこない。彼女は、共和政治の擬人化ということになるのかな」

　森谷広子は、ぼくの話が細部に入りすぎたので退屈したらしい。

「マリアンヌが女神かどうかという話は、ちょっと措いておかない？　それよりも、その先駆者のキャラクターをもっと教えてよ」

「そうだね。マリアンヌと女神は、双子の姉妹のようなものだったらしい。ややこしいけど、フランス人の頭のなかでは、架空の人物であるマリアンヌと、ギリシャ神話の『自由の女神』や『平和の女神』がごっちゃになっているんだ」

「わたし、以前ルーブル美術館でドラクロアの自由の女神っていう絵を見たけど、あの女神も実はマリアンヌだったのね。実際、彼女はとてもじゃないけど神様には見えなかったわ。だって、右手に三色旗、左手に銃剣を持って、民衆を率いて屍を乗り越えて前進していたんだから。でも絵の題名には、女神とあったから、こうなるとほんとうにマリアンヌと女神は判別できないわね」

「あの絵は、王政派の反革命に抵抗して民衆が蜂起した一八三〇年の七月革命を題材にしていたからね。だからなおさら、マリアンヌが人間のように描かれていたんだ」

「それにしても、マリアンヌって市民階級の名代として、ずっと闘ってきたのね」

「それが彼女の宿命さ。あの絵で彼女がかぶっている赤い帽子は、古代ギリシャで奴隷が自由の身分になったことを示したフリジア帽というんだって」

「そういえば、これから行くニューヨークのリバティー島に立っている自由の女神、あれもマリアンヌということになるわね」

「アメリカの独立百周年を記念して、フランスがあれをアメリカに贈ったのは、一八八六年のことだからね。そのころの両者も見分けがつけにくい」
「彼女は松明《トーチ》をもっているわね、オリーヴの枝じゃなくて」
「そのあたりは、融通無碍《ゆうずうむげ》なんだろう。それよりもぼくは、マリアンヌが自由の女神や平和の女神と名前を変えて、いまでもブルジョワという集団を統合する、扇の要でありつづけていることに恐れ入るよ。すごい生命力だ」

それにしてもカバルがいうように、あらためてパリの街を思いだすとギリシャ神話由来の彫像が多い。

とくに先の大戦後に設置された彼女たちには哀《あわ》れを催す。彼女たちはなんの因果で、三千年も四千年も経ってから、神話の世界から現実世界に降臨させられ、にわか成金の〝連帯の要〟に身をやつさなければならなかったのだろう。ブルジョワとは身勝手な人種だ。

それとも彼女たちは、最初からアール・デコのかくれた主役だったのだろうか。二五年の博覧会場でも、女神だか裸婦だか区別のつけがたい彫像を見かけたからな。

このことに、芸術には疎くても世故には長けている、ブルジョワが気づいたのかもしれない。彼らが気づいたからこそ、植民地博覧会のお役人や、ノルマンディー号を所有する会社の役員が、博覧会や船の主役に女神を抜擢した可能性もなきにしもあらずだ。

「森谷さん、ぼくの妄想かもしれないけど、もしもブルジョワが女神たちをアール・デコの表舞台に引っ張りだしたのだとしたら、すごいことだね」

「その可能性もあるわね。建築家からはこきおろされ、世間からは冷たい目で見られがちなブルジョワが、〝自分たちはどこから来た何者なのか〟と自問しはじめたのかもしれないわ。彼らがアール・デコに、精神的な価値を充填したのかもしれない、なんて想像するだけでもわくわくする」

「数年前、ぼくがルネ・ラリックのガラス工房を訪ねたときのことだけどね、そのときラリックは女神のレリーフを制作中だったんだ。そのようすにも、女神の降臨を実現させたことへの自負心が窺えた。なんでもそれは東京に行き、皇族の邸宅に設置されるということだった。ラリックは極東でも、ブルジョワの女神にたいする親愛の情が理解されていると思ったんだろうか」

これには森谷さんも、すんなり同意してくれた。「ブルジョワは、日本でもギリシャ神話が語り継がれているくらいに思っているのよ」

⁂

「次朗さんは、ブルジョワの連帯だけじゃなくて、市民階級の共和政治にもつよい関心があるようだけど、どうしてなの？　わたしなんか、さっきもレピュブリック広場にあるマリアンヌ像のこと訊かれて、はっきり思いだせなかったくらいなんだけどね……」

「そうだろうな。あの像、大きさは超弩級なんだけどね。共和政治が安定期を迎えているいまでは、あれに気をとめる人は少ないようだ」

「共和政治ねえ!?」

森谷広子にとっては、共和政でも、王政でも、帝政でも、骨董品の売れる政治体制がいい治世だということなのだろう。一介の商売人にすぎないぼくだって大差ない。ただぼくの場合、市民階級が共和政治を護るときに見せたあの熱量に引かれてしまう。

なんどもなんども、帝政や王政への復古があっても、そのつど革命によって恢復してきた市民たちの熱量。一種の狂乱と、それでいて筋の通った判断を要求する理性。いわば熱い理性。

ぼくがそういう熱い理性に引かれるのは、国家主義の高まる日本で青年期を過ごしたせいだろう。明治三七年、ぼくが二十才《はたち》になったとき、日露戦争がはじまっている。その前年には東京・京都の時代は終わり、舞台は大阪に移ってはいたが、第五回内国勧業博覧会などという、国威発揚と殖産興業にまつしぐらな官民挙げてのプロジェクトがくり広げられていた。

そんな風潮が嫌だった。なにが嫌だといって国家主義そのもの以上に、そんな風潮にいつのまにか染まっている自分に気づくのが嫌だった。

ぼくがパリに向かったのは大正二年、二九才のときである。すでに雑誌『白樺』の発行がはじまっていたので、芸術分野では〃個人〃などという言葉をいくらか聞くようになっていた。が、ひとたび目を現実に転ずれば、大正天皇の即位礼が明治天皇の皇后が崩御したことで、大正三年から四年に延期されたなどという皇室関係の記事が新聞をにぎわせていた。

そんな日本で育ったせいで、市民階級が連帯して王政や帝政を倒したフランスという国に、たび重なる反革命の歴史も知らずに憧れていたのだった。

パリに来てからも政治向きのことはよくわからなかったけれど、マリアンヌという女性が共和国フランスの旗印だということを知ってからは、街の人を見る自分の目が変わっていくのが自分でもわかった。

酒屋でお兄さんからワインの講釈を聞いても、惣菜屋でおかみさんからムール貝サラダを味見させてもらっても、こういう普通の人たちもいったん火がつけば、広場のマリアンヌのもとに駆けつけるのかと思うと、つい彼らの顔をしげしげと見てしまった。

「森谷さんは地方の骨董市にも買付けにいくから、マリアンヌ像を田舎町の広場やあちこちで見かけているんじゃない?」

「どこで見ても、マリアンヌの〝彫刻〟は印象がうすいな」

「そう、そこなんだけど、ぼくにはあれが彫刻じゃなくて、大きな置物に見えるんだ」

「次朗さんは、やっぱり日本人ね」

「そういうことじゃないってば! だってマリアンヌ像は、古代ギリシャの神像みたいに人体の理想美を追求していないでしょう。それならロダンの彫刻のように、人間の体温を感じさせる生々しい裸身をさらしているかといえば、そうでもない。ぼくが通っていた小学校にあった二宮金次郎像を思いださせる。だから置物といったんだ」とぼくが反論すると、
森谷さんは、「そんなに深く考えなくてもいいんじゃない。彫刻じゃないんだったら、あれは記念碑でしょう。たしかにレピュブリック広場の台座に、若い男性のヌードを理想化したロダンの『青銅時代』が載っていたら気味悪いもんね。マリアンヌ像は、新しい彫刻芸術の潮流に置いてけぼりにされたのよ。感覚によってではなく、理念によってこの世界のあり方を表象する造形物のままなんだわ」

妙に冗舌になった森谷広子はつづけて、「それにしても、マリアンヌはほんとうに神様じゃないの?」と、さっきの話を蒸し返してくる。

「ほんとに神様じゃない。共和政治を擬人化したものだってば。話を戻せばマリアンヌ像を記

念碑と呼ぶことに、ぼくはやっぱり抵抗感があるな。だってプロパガンダ臭がないでしょう」

「そうね、ソ連の社会主義彫刻のような押しつけがましさはないわね」

「あの違いはどこからきているんだろう？」とぼくがつぶやくと、

「それは、彫像をつくった目的の違いでしょう。ソ連の場合は政府が人民を指導するためにつくったけど、フランスでは革命の当事者が自分たちの功績をたたえるために彫像をつくったからね」と、森谷広子の話は深まっていく。

「そうか。革命の当事者を引き継いだブルジョワが、マリアンヌをお払い箱にしてしまったからね。そのきっかけは、狂騒の二〇年代だったのかもしれない。あれが革命の理念を時代遅れにしてしまったんだろう。それで、彼女がなんのために広場に立っているのかわからなくなったんだ」と、ぼくが自分で自分を納得させると、

「それに自由・平等・友愛って、旧体制を倒すときには有効な理念であっても、労働者や農民がそれを掲げだすと、こんどは逆にブルジョワが攻められる側になってしまうわ。だからブルジョワは、あの理念をお題目化してしまったのよ」と、森谷さんが補足してくれた。

　こんな対話をしてたら、妄想がわいてきた。

「だったら、マリアンヌ像を置物と呼ぶのは撤回する。その代わりに、我田引水といわれるかもしれないけど、彼女を市民階級《ブルジョワジー》の装飾と呼びたい。市民階級が共有していた価値観を、彼女

は可視化したんだから。装飾ってそういうもんでしょう?」

「それも次朗さんの持論ね。でも、市民階級の時代に話を戻す前に訊いてもいい? あなたのいうブルジョワの〝連帯〟なんだけど、あれってなにが目標なの?」

「彼らの場合、連帯には特定の政治的な目標はなさそうだ。いや、ブルジョワにかぎらない。連帯ってそういうものじゃないかな。人が連帯するときって、集団の維持と防衛が目標でしょう。だから彼らの連帯は、彼らが集団であるための、いわば〝絆〟なんだと思う」

森谷さんはようやく得心できたという風で、一息ついた。そこでぼくは提案した。

「きょうの晩、一等食堂の平和の女神に拝謁して判定しよう。彼女がそこに鎮座しているのは、果たして共和政治の象徴としてなのか、それともブルジョワの連帯の絆に力点が置かれているのかっていうことを!」

「そうね。きょうのディナーが楽しみになってきたわ。今夜は女神を仰ぎ見ながら、生牡蠣を食べられるんだ。最高ね!」

森谷広子はほんとに牡蠣に関心があるのだろうか。それとも、ぼくの堅い話をほぐそうとしてくれているのだろうか?

カトリックと闘う

「次朗さん、ブルジョワにとって連帯は絆だという話がここまで繰り返し出てきたけど、彼らが集団を維持・防衛しようとする背景には、切実な理由があったの？」

「一番の理由は、自分たちの経済活動をカトリック教会の批判から守るためだと、ぼくは睨んでいる」

「聖職者との権力闘争が、ブルジョワに連帯を死守させているというわけ？　今日でもそうなのかしら？」

「そうじゃないだろうか。森谷さんにしても、ぼくにしても、いま自由に商売ができるのは、かつての市民階級、つまり共和主義者がカトリック教会に、商業道徳にまで口を出さないようにしてくれたおかげだよ」

「多少は恩恵を受けているかもしれないわ。でも、わたしは神父様の教えに背くような貪欲な商売はしてないよ。ときどきはお客が値切ってくるなと分かると、最初に高い値段をいうこともあるけどね。その程度でも、カトリックからすれば悪徳商法ということになるのかしら」

「最初にふっかける程度にもよるでしょう。仮に、それが誠実さを欠くと神父が文句をいってくる事態がいま起こるとして、そんなことにまで口を出すなと、ブルジョワがカトリック教会に抗議するとき、その後ろ楯となってくれるのが女神であり、一九世紀でいえばマリアンヌだったんだろう」

そしてつづけて、ぼくは森谷広子にこんな提案をした。

「教会のブルジョワ批判には、大革命以前からの長い歴史があっていまに至っている。その決着は、いまでもついているとはいえないだろう。これから行くアメリカでは、プロテスタントが主流で、牧師は経済活動を認めているけど、それはぼくらが自分の仕事に勤勉であることが前提となっているらしい。そこでなんだ。アメリカにはマリアンヌがいないから、ぼくは森谷さんと団結して闘いたい。どうだろう?」

「団結して闘うって?」

「精神的なことだけどね。たとえば、ぼくらのような東洋人がニューヨークに乗り込むと、かげで商売の陰口を叩くような奴らが出てこないともかぎらない。そんなとき、悪い評判をお互いに打ち消しあえたらいいと思う。〝あの人は、天職のように勤勉に仕事に励んでいますよ〟ってね」

「そんなの、お安い御用よ。コルビュジエ相手だけじゃなくて、カトリック相手でも、プロテスタント相手でも、次朗さんとなら共闘してもいいわ」

「それは、どうも」

それにしても、マリアンヌは市民階級に頼りにされつづけてきたものだ。その理由は彼らの立場にたてばわかるような気がする。彼らが旧体制と対決した目的には、王侯貴族を倒すことだけではなく、聖職者との権力闘争もあったからだ。その闘争は、政教分離という政策として実現されていった。

金融業や商工業で力をつけてきた市民階級にとって、商売の仇だったのは、王侯貴族たちが定めた悪しき法律である封建的賦課租だった。しかし同時に、カトリックによる人倫の領域にたいする支配も邪魔物だったにちがいない。いや、むしろそっちのほうが精神を縛るものだけに、やっかいな相手だったともいえる。

カトリックは金を貸して利息を取ることや、人の労働力を搾取することを非難して、市民階級に道義的責任を突きつけてきた。しかし彼らからすれば、そんな説教を遵守していては商売にならなかったわけだ。

「ぼくが以前読んだ本によると、大革命前の話だけどね、クロワゼというイエズス会の神父が市民階級の資本家を貶《おとし》めて、〝彼らは飽くなき金銭欲によって、手当たりしだいに金儲けをするから、みなし児や寡婦《やもめ》の聖なる寄託物だって、平気で高利貸しの担保として取り上げてしまう〟(2)なんていってたよ」

「神父さんて、敵対する相手を罵るときは毒のあることをいうからね」

「それともうひとつ、ブルダルーという神父にいたっては、〝神が授ける自然で正統な栄誉を手にすることができるのは、生まれと血筋をそなえた王侯貴族だけだ。市民階級は才覚と野心でもって、人工的な栄誉を手にするのがせいぜいだ〟なんて言い放ったそうだ」(3)

こんな話をすると森谷さんも、

「市民階級を蔑《さげす》んでいたんだね。革命が起きるのも当然よ。資本家だって、カトリックの神父なんか黙らせてやる、いまにみてろよと思って当然だね。だから、革命で政教分離を唱えたんだわ」と語気を荒げた。

正確にいえば、政教分離はカトリック教会が政治に口を出すことを禁じる制度だった。でもその政治を自分たちの手に収めた市民階級からすれば、政教分離はカトリック教会の影響力を、自分たちの経済活動から排除するのと同じことだった。

結局、政教分離とはありていにいえば、キリスト教の神が定めた経済活動の教えを、共和主義者が踏みにじったということだ。よしんば教えを受け容れるにしても、神の教えを自分たちで定めた規範に置き換えたということだ。

神の教えに従わないということ。それは商売のリスクを全部自分で背負い込むということでもある。自己決定にもとづいて生きていくことだ。だから失敗しても、誰にも責任を転嫁できない。もちろん、マリアンヌにも！

一九世紀の市民階級は、政教分離を要求した以上、マリアンヌを神格化できなかったというべきだろう。

政教分離が法律で定められたのは最近で、一九〇五年になってからだという。しかしそれよりもずっと前の一八八一年に、宗教大臣は七月一四日にカトリック教会に行くことを制限するお触れを出していた。この日はいうまでもなく、民衆がバスティーユ牢獄を襲撃した革命記念日だ。政府は村人が革命を祝ってワインを飲んで騒ぐのは容認したが、それをカトリック教会が祝うことは禁じたのだった。

そのお触れが出された際、政府がマリアンヌの神格化を禁止した形跡はないそうだ。そして現実にも、民衆はマリアンヌを敬愛はしたが、信仰することはなかった。彼女への敬愛は、あくまで国民の側の自発的な政治意識の発露だったからなのだろう。

どれほどマリアンヌを敬愛していても、でもマリアンヌには責任を負わせない。ぼくはこういうマリアンヌの処遇に、市民階級《ブルジョワジー》の気概を感じる。そしてその気概が、いまのブルジョワの連帯と、その根底にある個人主義に引き継がれていると思う。

＊＊＊

「最近、日本でもフランスの共和政治に関心をもつ人がでてきたらしいよ。東京から送られてきた荷物のなかに、大佛《おさらぎ》次郎の『ブゥランジェ将軍の悲劇』という本が混じっていたんだ」

森谷広子は関心ないだろうなと思いつつ、ぼくがこんな話を切りだすと、彼女は意外にもその小説家なら知っているという。父親からの手紙に、大佛次郎の鞍馬天狗が人気を博して映画化されたので観にいったら痛快だった、と書いてあったそうだ。

「でも、その本を書いたのは、あの大佛次郎と同じ人なのかしら？」

「ぼくも最初は不思議だったよ。極東の娯楽小説家が、しかも半世紀近くも前の、フランスの将軍や政治事件にどうして興味を覚えたのかってね」

ブゥランジェ将軍とは、第三共和政に残存していた帝政復活派にかつがれて、一八八九年にはクーデターを起こす寸前までいくが、最後は腰砕けになってしまった人だった。

「日本でも最近、二・二六事件というクーデター未遂事件があったからね。あんな事件が起きると、日本の民主主義に不安をいだく人がでてくるのも当然だろう。そういう人たちがフランスの共和政治に学ぼうとするのも理解できなくはないけど。それにしても、あの大佛次郎がねえ⁉」

「不思議といえば、不思議よね。だけど、わたしはわかるような気もするな。次朗さんはものごとを額面どおり解釈する生真面目な性格だからね。たしかに市民階級は共和政治を築いたけど、でもその行き着いた先は、権力を握ったブルジョワによる狂騒の二〇年代のような消費経済社会の到来だったじゃない！　ものごとには理想と現実があるわ。大佛次郎はそういう現実に警鐘を鳴らしたかったのよ」

「森谷さんがいいたいのは、大佛が共和政治の真価を国民に伝えておこうとしたということ？」

「そうね。彼は西洋から流入するブルジョワ文化の新風潮に、あとさきもなくなびいてしまう日本人の心情に不安をいだいていたんじゃない？　わたしは両親を見ていてほんとに心配だった。ブルジョワ文化が、日本ではとても薄っぺらくもてはやされていたわ。父親がそれにいだいたイメージなんて、有閑マダムの遊興譚といったところじゃなかったのかしら」

「たしかに。ぼくも友達が送ってくれたカストリ雑誌で、金持ちのマダムが徹夜で麻雀をして、朝になったら横浜にドライブするなんていう三文小説を読んだことがあるよ」

「次朗さんは新興芸術派の小説になんか興味ないだろうけど、最近わたし、そのひとつを読んだのよ。作者は龍膽寺雄《りゅうたんじゆう》という人だったわ。そうしたら本の題からして、『アパアトの女たちと僕と』なんていうんだよ。ほんとにプチブル調なんだから。読みはじめたらお尻がむず痒くなっちゃった。そんな風潮に、大佛は釘をさしておきたかったのよ」

「なんだって、新興小説なんか読んだの？　それにしても森谷さんのいうとおりだ。日本人はそもそも舶来に弱いけど、とくにフランス文化ときたひには目がないからね。ぼくはあの斬新な芸術論を唱えた高村光太郎に、ウヰスキーだかブランデーだかの瓶を描いた油絵があるって人から教えられたとき、急に肩の力が脱けてしまったよ。なんだ改革者ぶっても、この人も高等遊民だったのかってね」

「大正から昭和にかけて、日本人にはブルジョワの娯楽が浸透していったわよね。わたしの母も結婚前は田舎で『三越』という宣伝雑誌を取り寄せていたといってたわ。その表紙には女性がスキーをしている絵があったそうよ。母はああいうのを見て、精神的なアバンチュールを楽しんでいたんでしょうね」

「森谷さんがいわんとするのは、結局こういうこと？　いまの日本人がブルジョワの享楽的な生き方ばかりに憧れるのは見苦しい。そんなていたらくでは、ブルジョワが連帯を大切にする理由は、とうてい理解できないだろうということかな」

「そうだね」

「日本の、とくに高村光太郎のような高踏的な文学者や美術家たちを思い浮かべると、彼らが連帯して、アール・デコのような国民的芸術運動を起こすなんてことは望むべくもない。運命のいたずらで、パリで実際にブルジョワの生き方を目の当たりにしているぼくたちからすると、白樺派は甘っちょろく見える。でも、あれで精一杯だったんだろうな。それに彼らの高踏趣味がなかったならば、日本の芸術は江戸趣味から抜けだせなかっただろう。仕方がなかったんだ」

こういって、ぼくは自分を納得させた。森谷広子も気持ちの持っていきどころがなかったらしく、

「次朗さんのブルジョワ傾倒に、ブレーキを掛けてきたはずなのに、わたしったらいまの話で逆にアクセルを踏んでしまったみたい。なんだか変ね」といった。

俺たちはデラシネじゃない

目の前のプロムナードデッキを闊歩している一等船客たちを観察しながら、ぼくは彼らの内心を想像してみた。

彼らは、世間からどんな風に見られていると感じているのだろうか。あるいは、見られたいと願っているのだろうか。彼らは自分を、仁義なき拝金主義者だと思っているのか、反対に、

がむしゃらでも時代を切り開くバイタリティに満ちたタフガイだと、肯定的に解釈しているのだろうか。

誰かから、お前たちは悪徳の権化だとご託宣がくだされれば対処のしようもある。でも忌み嫌われているかもしれないと感じるだけでは、自分で自分が分からなくなり、不安にさいなまれる。

こういった感情は、病気に罹ったとき、病気そのものよりも病名がわからなくて不安になる気持ちに似ている。自分を客観視できないとき、さらにいえば自分の存在意義が見いだせないとき、人間は不安に陥るのだろう。ブルジョワは自己喪失を怖れているように見える。

「森谷さん、この船に乗ってるお金持ちたちは、仕立てのよいスーツを着込んで、肩で風切って歩いているけど、でもなにかに追いかけられているようじゃない？　この船も海上を時速六〇キロで驀進《ばくしん》しているけど、それと同じような気がする。彼らも馬車馬のように後《うしろ》から鞭打たれているような……」

「今度はなにかしら？」

「つまりね、あの人たちは会社では地位や裁量権もあるんだろうけど、でも失敗すれば丸裸で放りだされるんでしょう。それだけに、いつも自転車が倒れないように、勢いよくペダルを漕ぎつづけているみたいに見えるんだ」

「エリートビジネスマンたちは、しょせんデラシネ《根なし草》だっていうわけ？」

「そうだね。起業した創業社長ならばともかく、出世レースでトップに立ったサラリーマン社長たちは、経営に失敗すればすぐに放り出されてしまうからね。金儲けを正当化してきた信念だって崩れてしまい、自分に加勢してくれる仲間だって離れていってしまうだろうからね」

「わたしはそんなの平気よ!!」

森谷広子は自分のことをいわれたと勘違いして、少し気色ばんだ。

「そうじゃないって。きみは雇われ社長じゃないでしょう。起業家なんだし……」と弁解しはじめたが、もはや聞く耳をもってくれない。

彼女の機嫌は思わぬ方向に向かったままだ。でも、それもいい。堂々めぐりしがちなぼくの妄想に風穴を開けてくれるかもしれない。ひとしきり聴いてみよう。

「だったらぼくらの目の前を歩いているエリートビジネスマンや、その他の金持ちたちは、肩書きがとれても、世間から愛される集団でありたいと思って、〝自分たち探し〟をしているというわけ？」と話をうながすと、

「違うと思うよ。あなたは要するに、丸裸にしたときのブルジョワは何者でもないといっているんでしょう？　あの人たちはそんなに柔《やわ》じゃない。そんなに自省的じゃない。ブルジョワは

自分たちをデラシネだなんて思ってないよ。——わたしのお客さんのなかの、いわゆるブルジョワだって、ヴェネチアガラスの壺を書斎に置いて、これは〃われらが一族の家宝なんだ〃なんていって来客を煙に巻いているわ」

そしてつづけて、こうもいった。「だからあの人たちは、自分たち探しなんかしない。あえていうなら自分たちの個性をひけらかすための、〃自己演出〃ならばしているわ」

うーん、まいった。でも、ここで感服して引きさがるわけにもいかない。

「それじゃあ、そういうお客はどうやって、自己演出をするんだ？」

「あの人たちは自分のモデルを、他人のなかに探すようなしみったれたことはしないわ。自分で新しく創っちゃうのよ。要するに、フィクションとしての自分を創造するのね」

「自分自身を捏造《ねつぞう》するってこと⁉」

「そういわれると、返す言葉がないけど……。でもフィクションで創った自分は、あくまで当人の気持ちの産物なんだから、それを真実だとか、誤謬だとかって他人が判断することはできないわ」

そういってから彼女は、「捏造じゃなくて創造‼　意地悪いうなら、もう話さない」と怒りだした。

たしかにその通りだ。フィクションと割り切って自分を創造するのならば、最初からそこには真実の自分も、虚構の自分もない。〃フィクションに誤謬はない〃とは、いいえて妙だ。

それと、ぼくは森谷広子のつよい口調に驚かされた。いくら怒っているとはいえ、こんな彼女を見たのははじめてだ。

そういえば、きのう彼女は元貴族たちの個別主義が性に合うといっていたもんな。それにたいして、ぼくはブルジョワの連帯が好きだと反論してしまった。そこに、彼女の機嫌をそこねた遠因があったのかもしれない。

しかしこの対立には、意外にも考えるヒントがひそんでいそうだ。森谷広子には悪いがぼくの頭はそっちに向かって動きだしてしまった。

ぼくがいった〃自分たち探し〃も、彼女のいう〃フィクションに誤謬はない〃という説と結びつかないだろうか。つまりブルジョワの自己演出も、それが世間向けに創られたフィクションであれば、是非もないということになる。

神を信じず、同時代の芸術《アール・デコ》さえも自分たち好みに変えてしまうというブルジョワの強引なセルフイメージづくり、これだってフィクションかもしれないということだ。もしそうだとすると、マリアンヌの後継者であるこの船の女神も、ブルジョワに彼らしさを装わせる振付師なのかもしれない。

森谷さんも、女神の足許で晩餐なんておもしろそうといっていたしな。ドラマチックな演出が、女神の仕事なのだろう。

いやいや、結論を急いではいけない。まずは今夜、平和の女神に拝謁してからだ。

それよりも、森谷広子の機嫌はどうかな。

「どうする、いつまでもプロムナードデッキにいてもしょうがないから、昼食にでもいくかい？」

「わたし、そんなにおなか減ってない。なにか欲しくなれば、ルームサービスを頼むわ！」

こりゃだめだ。

「それじゃあ、一等食堂前のエントランスホールで、夕方の七時に待ち合わせということにしよう」、こう決めて、それぞれの部屋に戻ることにした。

部屋でひとりになると、気持ちが沈んでいく。森谷広子と話しているときは、気持ちが高揚して、ニューヨークでは万事がうまくいくような気もするが、冷静になると不安が先に立つ。だいたいブルジョワのことだって、商売以外で付き合った人もいないのに、ぼくは入れ込みすぎているんじゃないか。ぼくの周りには狭いアパートで暮らすその他大勢の人たちがいるけど、あの人たちはブルジョワのことをどう思っているんだろうか。

たとえばアール・デコにたいしても、貧乏人たちはあの芸術はブルジョワの趣味だから俺たちには関係ないと思っているんだろうか。

それで思いだしたけど、カバルがこんなことをいってた。「一九二五年のアール・デコ博覧会はすぐ下火になった。でも、大衆の間に新嗜好を広めたのも事実なんだ」

たしかに、そうかもしれない。あの博覧会には一六〇〇万人以上もの入場者が押し寄せたというから、アール・デコがブルジョワのみならず、元貴族から大衆、もしかしたらプロレタリアの間にまで、深く浸透していったことは考えられる。

しかし新嗜好とはなんだろう。地下鉄ホームの壁や、街の広告塔に貼られたポスターで見かける、なんでもかんでも矩形にデザインされた家庭用品のかたちのことをいっているんだろうか。あれは、たしかに大衆好みだ。

でもすぐに飽きられるし、そこを狙って来年には新しいモデルが登場するだろう。それに大衆は烏合の衆だから。自分たちで流行をつくるなんてことはできないだろう。

だとすると、やっぱりブルジョワと大衆は、アール・デコを違った目で見ていたということのようにも思えるが……。

女神の足許での晩餐

夕食の待ち合わせ時刻までまだ間がある。ひとりで船内の絵や彫刻を見てまわることにした。まずは、森谷広子と一等食堂の『平和の女神』に拝謁するときの準備として、喫煙室にある『ノルマンディーの女神』で予習をしておこう。

喫煙室は一一階の中央にあった。その上の一二階までが吹き抜けになっている。お目当ての彼女は喫煙室から船尾方向に登っていく階段室——そう、たんなる階段ではなく、左右の幅がたっぷりあって、両側の壁から間接照明が当たっている部屋のような空間——の上にあるステージに立っていた。背丈はぼくの身長をすこし上まわるくらいだから、二メートルといったところか。

正式名称は『ラ・ノルマンディー』だった。彼女も、正式には神様ではなさそうだ。しかし立ち姿が崇高で、服も古代ギリシャの頭から被るトーガをまとっているので、やはりノルマンディーの女神と解釈しておくのが無難だろう。

もっともこの女神の出身地はギリシャかといえば、そんなはずもない。辺境の地であるノルマンディーの名称が、ギリシャ神話に出てくるわけがない。両手を背後にある林檎の木の枝に置いているが、これはノルマンディー名産の林檎にちなんだ演出だろう。平和の女神が、平和を暗示するオリーヴの枝を手に持っているようなものだ。

　ではギリシャ由来の女神でないとすれば、彼女はノルマンディー地方に伝わる北欧神話の女神ということになるのだろうか。しかしバイキングの娘にしては、雰囲気が清楚にすぎる。

　やはり船名にあやかった名前の女神、という解釈に落ちつくだろう。彼女は階段室のステージから喫煙室にやさしい眼差しを投げかけ、エリートビジネスマンたちの旅のつれづれを癒している。あるいは彼女の後方にある、個室とダンスフロアをそなえた軽食堂《グリルルーム》へと彼らを誘《いざな》っている。そういうコンパニオンのような女神が、二〇世紀のブルジョワのお好みなのだ。もしも彼女がほんとうは女神だとしたら、資本主義の時代に降臨してきたことを後悔しているにちがいない。

　彼女の作者は、レオン＝ジョルジュ・ボードリーという彫刻家だった。出発前に駆け足で見てきた、パリで開催中の国際博覧会にも彼の作品が並んでいた。シャイヨー丘に新設された近代美術宮殿で見た、アクタイオン（狩りの名手）、セイレン（海の怪物）、ヘーラクレース（半神半人の英雄）など、どれもがギリシャ神話に出てくる神だった。

　なぜこうも、ブルジョワはギリシャの神々を好むのだろうか？　さっきその理由を森谷広子に訊かれて、ぼくはこう答えた。

「彼らはカトリック教会の攻撃から身を守るために、連帯する必要を感じてきたが、まさかその後ろ楯にキリスト教の聖母マリアをもってくるわけにもいかない。そこでギリシャの女神に依頼したのだ」と。

けれども、これだけギリシャの（およびそれに類した）神々に遭遇してみると、ブルジョワがそう判断したのは、ほかにも理由があったからではないかという疑問もわいてくる。

いちばん考えられる理由は、ブルジョワの連帯にそなわる独特な性格ゆえじゃないか。きのう森谷広子もいっていたけど、彼らは連帯の根底に個人主義をおいている。だから隣人たちへの普遍的な愛を説くキリスト教の使徒がボディーガードになると、自分たちの個人主義が制限されてしまうので、ブルジョワとしては困るのだ。

彼らがそんな気持ちで後ろ楯を選んでいるだろうことは、ぼくの母国でその任に就いている神々と較べてみれば容易に想像がつく。

いまの日本で国家守護を担う神々を挙げるとすれば、天照大神《あまてらすおおみかみ》、日本武尊《やまとたけるのみこと》、神武天皇、神功《じんぐう》皇后、聖徳太子といった名前が思い浮かぶ。

しかし自分で名前を挙げておきながら躊躇するのも変だが、あの神々（あるいは人物）には、ギリシャの神々とは決定的にちがうところがある。それは彼ら彼女らが、ブルジョワのような個別の集団を連帯させる象徴ではなく、臣民のすべてを統合する神々だということだ。だから日本の神々の前では、個人主義もへったくれもありはしない。

それだけ日本では、国家を治める体制側、具体的にいえば天皇を支えている、宮内省や文部省の高級役人（勅任官）の力が堅固なのだろう。なにしろ、天照大神ほかの面々にたいする崇敬は、彼らが制定した法律や教育によって決められているのだから。

ぼくの世代は尋常小学校の歴史授業で、日本武尊が天皇制の礎を築いたと教えられてきた。また神功皇后が三韓（朝鮮半島）を征伐したと教えられ、その教育によって韓国併合を後押しする世論が醸成されてきた。彼ら彼女らの偉業は、教科書の挿し絵をはじめとして、切手や紙幣、はては錦絵によって蒸し返し繰返し視覚化され、ぼくらに王政復古やアジア侵略の正統性を刷り込んできた。

日本では、愛国心の涵養が国家制度に組み込まれているのだ。だから天皇制を支える役人たちは、ブルジョワのような階級ごとの連帯など、想像だにしたことがないだろう。そもそも臣民とは唯一の共同体であって、臣民は一致団結して天皇のもとに馳せ参じるべきものと彼らは考えているのだから。

フランスではブルジョワ集団の意志が女神を過去から降臨させたのにたいして、日本では政府が高天原《たかまがはら》の神々を国家鎮護の祖先神と定めてきた。そのため、ブルジョワがマリアンヌやその後継者の女神たちを、敬愛はしても信仰してはいないのに較べると、日本の臣民は天皇や祖先神への信仰を強要されてきた日本の守護神のそんな選定のされかたと較べると、ブルジョワ集団の女神選びはあたかも民主的におこなわれているかのように錯覚しそうだ。実際にはその民主主義たるや、ブルジョワの仲間うちでしか通用しない理屈なのだろうけれど……。

ぼくがついブルジョワの肩をもってしまうのは、彼らが自分たちの欲求を国民全体のそれにすり替えないからである。それほど彼らは自己肯定的で、しかも傲慢であるのかもしれない。


こんなことを考えながら、ぼくはノルマンディーの女神に別れを告げ、階段室を降りていった。そして喫煙室を通り抜けていくと、そこはきのう森谷広子とお茶をした大客室だった。

そこでも、ギリシャの神々を主題にした二つの大壁画が目に飛び込んできた。それぞれ高さ六メートル、幅九メートルはありそうだ。この船の一等客は、あちこちの部屋でギリシャの神々に歓迎されるのだろうが、そんな体験の代表としてここではその二つを紹介しておく。

ひとつは『航海の歴史』というガラス絵で、もうひとつは『二輪戦車に乗るオーロラ』という金色に輝く漆画だった。

前者は海神ポセイドンが主人公で、彼を取り囲むようにゼウスに略奪されたエウロペ、愛と美の神アプロディテなどが脇を固めている。そしてもちろん、人類史上に登場したエジプトの三角帆船から、中国のジャンク船、ギリシャのガレオン船、最近の外輪蒸気船までが、ところせましと配されていた。

後者は題名の通り、曙の神オーロラが主人公で、描写場面はまさに彼女が二輪戦車に乗って空を駆け、太陽神ヘリオスの出現を告げているところだった。

どちらも壮大な壁画なのに、きのうはどうして、これらに目が留まらなかったのか。すでにしてきのうのうちから、森谷広子もぼくも〝ギリシャ神話疲れ〟をきたしていたのかもしれない。

もっともこんな風に話すと、退屈な装飾画が想像されるかもしれない。が、そうならずに済んでいたのは、原画を描いたジャン・デュパの力量だった。

彼の描く絵は、どれをとってもパントマイムのいちシーンのように見える。時間が止まったようだ。世間はデュパのことをアール・デコの画家と見ている。でもいったん彼の絵に引き込まれてしまうと、人物が幾何形態にデフォルメされているというような、様式のことはどうでもよくなってしまう。

デュパはキュビスムやフォーヴィスムのような、新しい芸術の発明にも加担しない。むしろギリシャの大理石彫刻のような静謐な存在感を、絵でよみがえらせようとする。古代神殿の切妻に刻まれた、高浮き彫りのレリーフを追慕するかのように。

デュパに学んだ画家のジャン・デピュジョルが、師の絵は〝永遠の感覚を尊重する〟あるいは〝普遍性に回帰する〟といった印象を残していたのを思いだす。

いや、それだけじゃない。ぼくはデュパの絵は、永遠性や普遍性といった観念を人の心によみがえらせるだけではなく、そうした観念の背後には、秘教のような法則が働いていて、それが彼の絵の永遠性や普遍性を厳かなものにしている、ということを付け加えておきたい。

こういう点で、作者自身の感情を直接キャンバスにぶつける今日の絵とは違う。デュパはその反対をいっている。これこそが装飾画の本領なのではないだろうか。

だから彼は異端の画家であり、ギリシャ神話を描くにはうってつけの画家なのだ。

⁂

さて、いよいよ『平和の女神』に拝謁だ。一等食堂前のホールに森谷広子が現れたので、一緒に食堂に入っていく。給仕係が案内したのは、右奥の四人掛けテーブルだった。女神の近くなので申し分ない。

この食堂は入口から階段を降りていくように設計されているのだが、さっき階段の上から見た風景はといえば、去年（一九三六年）開かれたベルリンオリンピックの開会式を思いださせた。一様にタキシードを着込んだ男たちが、イヴニングドレスの夫人と並んで着座しているさまが、ニュース映画で観たユニホーム姿の選手団が国別に整列していたさまと重なって見えてしまったのだ。どこかマスゲームのようでもあった。テーブルが寄宿舎の食堂のように規則正しく配列されていたので、余計その感をつよくしたのかもしれない。

もっとも、自分もその一群のなかに身を置いてから周囲を見渡すと、壁際のテーブルには紳士と若い女性の自由なカップルもいた。しかも女性のほうは、大仰な身ぶり手ぶりで話している。その仕草が、この船の船籍がフランスであることを思いださせてくれた。テーブルのあいだを走り回っている若い給仕係の気取った振る舞いも、パリのレストランそのままで、気持ちを落ちつかせてくれる。

さて、肝心の平和の女神だが、近くで見ると想像を絶する大きさだ。高さは約四メートルもあるだろう。さっき見てきたノルマンディーの女神の倍以上だ。しかも遠目がきくように、二メートルの台座に載せられている。この食堂は七百人もの収容力があるというから、これくらいの高さがないと、彼女の威光が空間の隅々にまで行き渡らないのだろう。

それに、ご尊顔が毅然としていて、近寄りがたい雰囲気を漂わせている。なんといっても彼女の体躯は、食事をしながら見るには大きすぎる。彼女の足許のテーブルは、船長が客をもてなす特等席だということだが、そこに座っている黒ずくめの年配者集団は、失礼を承知でいえば、オーケストラピットからプリマドンナを目で追いかけている楽団員たちを想わせた。

「森谷さん、平和の女神は駄作かなあ?」

「大きすぎて、なんだかよくわからない。次朗さんのいうとおり、芸術的判断の対象でないことは確かかね」

ところで、この食堂にはめずらしいポリシーがあるのだと、さっきメニューをもってきた給仕係がいい残していった。なんでもこの船では、客同士の親睦を深めるために相席を薦めているのだという。知らない人となにを話せばいいのだ! 面倒なことになった。

しばらくすると、ほんとうに見知らぬ男女が案内されてきた。ぼくらよりもすこし年上のように見える。

なにかまくし立てられても困るので、あえて簡略に「ボン・ソワール」とだけあいさつする。ややこしくなったら森谷さんに頼もう。

そんなことを考えていると、相手の男性も悟ったらしく、「ボン・ソワール」とだけ返してきた。ぼくが、「こちらは親しい友人のモリヤ・ヒロコさんです」というと、相手の気持ちもすこし打ち解けたらしく、そこから互いの自己紹介が進みだした。

相客はジャン=リュックとカロリーヌのデコルシュモン夫妻だった。パリのヴァンドーム広場で宝飾のアトリエ兼店舗を経営しているのだという。羽振りのいい人と出会ってしまった。

こちらは店を畳んできたというのに……。

塞《ふさ》ぎがちな気分でいると、うまい具合に給仕係が注文を取りにきた。

「ヒロコはなににする?」――そう、フランス人の話し方に合わせてヒロコ、ジローとファーストネームで呼び合っていたところ、二人の距離が縮まるような気がして、ぼくはこれ幸いと森谷さんをヒロコと呼ぶことにしてしまった――

ヒロコはデコルシュモン夫妻との会話に気をとられて、きのう生牡蠣を食べたいと騒いでいたのを忘れてしまったようだ。彼女が頼んだのは、田舎風パテ、季節のサラダ、オマール海老のテルミドールである。ぼくは魚用ナイフの使い方が下手なので、前菜は同じにして、主菜は鴨胸肉のローストにした。飲み物はデコルシュモン氏と相談して、シャンパン一本を張り込んだ。

シャンパンで乾杯していると、近くから哄笑が聞こえてきた。タキシードに身をつつんだ七、八人の年配客が、女神の足許のテーブルで豪勢にやりはじめている。

ぼくは手持ち無沙汰なので、思い切って相客に話しかけてみることにした。

「デコルシュモンさん、あの人たちは平和の女神を信じているのでしょうか?」

話に事欠いて、ぶしつけだったかなあ。

「案外、信じているんじゃないでしょうか。拝《おが》んではいないようですけどね。ああいう身なりのいいお金持ちと話していると、ギリシャ神話の神様たちの名前がときどきでてきますよ。ジローさんには意外ですか?」

思いがけず、核心に触れる答えが返ってきた。軽くウインクしながらではあるが、深く受けとめてくれたようだ。

第一印象では、ぼくはデコルシュモン氏をやり手の経営者じゃないかと想像した。が、彼の話しぶりは叩き上げの宝飾職人を感じさせた。彼は自分の顧客である裕福なブルジョワを、労働者階級の目で観察している。そこにぼくはシンパシーを感じた。ヒロコもそう感じているんじゃないだろうか。会話がはずんでいる。

「ぼくのような日本人は、知識でしかギリシャの神々を知りません。でも、あなたの顧客たちが、金儲けに文句をつけるキリスト教の神よりも、教義や道徳で縛りつけようとしないギリシャの神々のほうに親近感をいだくのは、わかるような気がします。キリスト教の神は悪事を告白させたり、断罪しますからね」

ぼくがデコルシュモン氏にそんな話をしていると、前菜が運ばれてきて、みんなの話題はパテの味に移っていった。それを聞きながら、ぼくはギリシャの神々の奔放さに想いをはせた。

ギリシャ神話では、最高神のゼウスからして、すぐに女神や人間の女性に手を出して子供を孕ませている。たとえばアテネの守護神となる女神アテーナーも、ゼウスが女神メーティスに産ませた子だった。

生まれてくる子が自分の王座を奪うという予言があったので、ゼウスは妊娠しているメーティスを飲み込んでしまった。ところが月満ちて激しい頭痛を感じるようになったので、ゼウスは自分の額を斧で割らせたところ、甲冑姿で成人したアテーナーが飛びだした。

愛と美と豊穣の女神として名高いアプロディテにしても、その出生はなんとも肉欲の放恣を予感させるものだった。彼女はなんとゼウスの父親（クロノス）が、そのまた父親（ウーラノス）の男根を切り取って殺したとき、そこからほとばしり出た精液が海に滴り落ちて、その泡から生まれたというのだ。

アプロディテはまた、小アジアのトロイアがギリシャ連合軍と戦ったトロイア戦争の発端をつくりもした。彼女がトロイアの王子パリスをそそのかして、ギリシャ側のスパルタ王の妻ヘレネーを奪わせ、これが一〇年にもおよぶ戦争のきっかけになった。

こういうキャラ立ちしている神々と較べると、目前の平和の女神は、なんと地味な、よくいえば穢れなき神であることよ。

ぼくは、アテネの言語学者アポロドーロスが編纂した『ギリシア神話』(4)で予習してきたけど、平和の女神にかんする記述は素っ気なかった。そもそも、彼女の名前は一度きりしか出てこないのだが、その部分をぼくなりに読解すれば、こんな風だった。

ゼウスにはヘーラーという正妻がいたが、多くの女神や人間の女とも交わった。原初に世界を支配していたウーラノス（ゼウスの祖父）の娘テミスと、ゼウスが交わったとき、秩序ある自然の循環を統括する女神たちが生まれた。

エイレーネー、エウノミアー、デイケーである。このなかのエイレーネーこそ、〝平和の女神〟だった。ちなみに、エウノミアーは〝秩序の女神〟で、デイケーは〝正義の女神〟である。

平和の女神は、その後ローマでパクスと呼ばれるようになり、寓意神として熱烈な崇拝の対象になっていく。が、男の神々を惑わしてやまない美貌や、嫉妬に狂う激しい気性とも無縁で、なんとも面白みのない女神だ。しかしそうなると、ノルマンディー号の艤装に携わった責任者はなんだって、こんな堅物の神様を一等客のために用意したのかということの方に、ぼくの関心は移っていく。

「ジャン＝リュック、平和の女神というのは渋いですね。晩餐の場には、華やかさに欠ける神ではないですか？」

「ジロー、華やかな女神たち、たとえば美貌のアプロディテや、山野をかけて鹿を追うやんちゃなアルテミスだと、ここがキャバレーのような遊興の社交場になってしまいませんか？」

「そのほうが、リラックスできるのでは……」

「わたしはダイヤの装身具などをブルジョワに買ってもらっていますが、でもわたしの見るところ、彼らの最大の美徳は〝勤勉〟にあると思います。彼らのことを有閑階級と呼ぶ人もいますがそれは誤解です」

「この食堂に集う紳士淑女たちにとっては、生真面目さのほうが望ましいということでしょうか？」

「そうじゃないでしょうか。彼らの多くはもはやキリスト教の神が、彼らの奮励刻苦やその結果としての富を守ってくれるとは信じていません。むしろ、なにかといえば貪欲だと説教する神父たちにはうんざりしています。だから、渋くても自分たちの味方になってくれる女神を必要としているのです」

　そしてつづけて、ジャン＝リュックはこうもいった。

「ブルジョワとは、自分たちの集団のために働く人たちです。その集団はあくなき金儲けが共通目的で、大義を欠いた擬似共同体かもしれませんが、そんな人たちであっても、連帯するときに扇の要になってくれる女神が必要なのでしょう。わたしにはそう思えるのです」

すごい人と相席してしまった！　ぼくもそう感じてはいたが、ブルジョワを相手にしてきたフランス人からこう断言されると説得力がある。

しかし、それにしても女神の足許の連中は騒々しい。誰かが酔ったいきおいで、ラ・マルセイエーズを歌いだした。そういえばフランスのアルベール・ルブラン大統領夫妻が、取り巻きに囲まれて、あのテーブルで悦に入っている写真を見たことがある。

あれはたしか、この船が処女航海に出たときの記念晩餐会を報じる新聞だった。余談だが、ルブラン夫人はこの船の進水式でシャンパンの瓶を割った人だった。

揶揄するような目で彼方を見ていると、それに気づいたジャン＝リュックは、「たしかに実際の紳士淑女は神父が毛嫌いするように世俗臭が鼻につきますけどね。ワインのせいだと思って大目に見ましょう」、などといってぼくを煙に巻いてしまった。

このあとは社交辞令をまじえた話で過ぎていった。チャンスがあればまたお会いしましょうということで別れたが、ぼくはこの七才年上で、ル・アーヴル育ちの人物に妙に引かれるところがあった。ヒロコはちゃっかり、パリに戻ったら再会しましょうと奥さんのカロリーヌと住所を交換している。

＊＊＊

ところで、平和の女神の作者はルイ・ドゥジャンという彫刻家だった。この金彩で輝くブロンズ像について、そしてこの彫刻家についてもう少し誰かと話したい。さっきジャン＝リュックがいっていたブルジョワの生態も、ぼくの内部で熱くわだかまったままだ。このあとヒロコはつき合ってくれるかな。

並んで食堂の出口に向かって歩きだすと、ヒロコとぼくの歩調が合っている。繻子織り《サテン》というのだろうか、彼女の淡いブルーのスカート生地が手の甲に触れる感触もよかった。そうだ、さっきひとりで探索してきた喫煙室の上階の軽食堂《グリルルーム》にはカウンターバーがあった。誘ってみよう。あそこなら申し分ない。

誘ってみると、「そうね！」といいつつ、一緒に来てくれた。

バーのスツールに腰掛けると、二人ともドライマティーニをたのんだ。このカクテルは最後に入れるオリーヴの実で味が決まる。ぼくは種つきで、酸味の残っている実が好きだ。

「ヒロコ、さっきの一等食堂、けっこう込んでいたけど、あの人たちタキシードやイヴニングドレスの内側にどんな世俗的欲望を秘めていたのかな。あれだけ多くの人が集まれば、いろんな思いが交錯していたんだろうね。それを統御していたのが、平和の女神というわけか」

ぼくの話し方がブルジョワ批判めいていたせいか、ヒロコは顔をくもらせた。

「デコルシュモンさんもいってたけど、ブルジョワっていう人種は案外、生真面目に生きているんじゃない。貧乏人は彼らのことを現世主義、俗物根性、金ピカ趣味といってバカにするけど、それって教会の口車に乗せられているのかもしれないよ」

「ヒロコはブルジョワが嫌いなんじゃなかったっけ？」

「それは彼らが連帯すると、なにを始めるかわからないからよ。個人としてのブルジョワは真面目でしょう？」

「不道徳という点では、元貴族たちのほうが、よっぽど悪質かもしれないね。結局、ブルジョワが謗《そし》られるのは、その生真面目さが自分の身内や、自分の仲間だけにたいしてばかり発揮されるからだろう。自分以外には冷酷という点では、〝朕は国家なり〟といったルイ一四世と同じようなものかな」

ヒロコは黙《だま》っている。納得いかないようだ。

「平和の女神をつくったルイ・ドゥジャンっていう人、一九二五年の博覧会でも裸婦像をつくってなかった？　わたし、それを泣きながら見たおぼえがあるわ」と、ヒロコが突然いいだした。そしてこうつづけた。

「そのころのわたしは骨董販売をはじめたばかりで、先輩業者たちからは冷たくされていたわ。でも、修業だから見ておかなければと思って、博覧会に出かけたの。コンコルド門から入ると、そこにドゥジャンの裸婦像があった。どうして泣けてきたのかな。まわりを見ると小さな子供を連れている母親もいて、そんな普通の人たちに混じって、自分がこの女神を見ていることの幸福感に浸ってしまったのかもしれない。わたしのような移民まがいの貧乏女にもチャンスを与えてくれそうな時代を、ブルジョワがつくってくれたと感じたんだわ。だからわたしは、彼らのことを悪く思えない」

しばらくぼくは言葉を発せられなかった。考えてみれば、いまを盛りのブルジョワにしたってパンが買えないときもあったろう。誰でものし上がれるという夢を、彼らが現実のものにしてくれたわけだ。それが二〇世紀のフランスなのかもしれない。

そんな今日の夢の象徴が、平和の女神だということか。コンコルド門には、裸婦像のうしろに円を描いて立てられた九つの列柱があり、古代ギリシャの神殿を暗示しているかのようだった。円形列柱を設計したのは、この船の一等食堂を設計したのと同じピエール・パトゥという建築家である。

ということは、ドゥジャンとパトゥのコンビがアール・デコの変化という嵐をくぐり抜けて、ブルジョワの人生観をつらぬき通したということになる。ヒロコの感傷に触発されて、頭が動きだした。ありがとう。

「ヒロコ、一曲だけ踊ろうか！」

誰かが楽団に注文した曲に便乗させてもらって、ぼくらもダンスフロアに立った。彼女はジルバが上手だった。動きも思いのほか激しくて、サテン地のスカートが大きく揺れていた。

踊り終わると、ヒロコを部屋まで送っていった。ドアの前でそっと頬にキスをすると、やさしい眼差しになった。そして「一等食堂へのデビュー、うまくいったね」、と小さくいった。

三日目

ジャン・デュナン『アフリカの女』、漆、1883年
メトロポリタン美術館

異郷絵画
――九月二〇日

三日目

もとはといえば労働者

「ヒロコ、きのう食堂にいったとき、入ってすぐの両側に大きなレリーフがあったんだけど、気づいた?」

「金色のレリーフでしょう?　あんなに大きなものが目に入らないわけないよね」

「どう思った?」

「なんだか芝居の書き割りみたいだったな、いくら食堂が芸術鑑賞の場じゃないからといっても、あんなに大味な絵にしなくてもよさそうなもんだけどね」と、ヒロコの趣味には合わなかったらしい。

「左側のレリーフは、ノルマンディー地方の歴史絵巻のようだったけど、でもぼくはブルジョワが連帯するもうひとつの理由を発見したようで、面白かったよ」

「また、連帯の話!?」

「そういうなよ」

「きのうジローは彼らが連帯する理由として、カトリックからの批判にたいする防衛があったといってたよね。それとは別に、もうひとつの理由があったっていうこと？」

「ヒロコがいうように、あれは絵としては陳腐だったとぼくも思うよ」

「じゃあ、あの絵のどこにそれが読み取れたの？」

「あそこには、ノルマンディー地方を統治したウィリアム征服王、竜を退治する聖ミカエル、バイキング船、カーン男子修道院、ルーアン大聖堂と、ご当地の歴史を物語るアイコンが満載だったでしょう。その図柄も子供用絵本のように型にはまってたよね。でもね、どうしてこういう退屈なものを、わざわざ食堂のいちばん目立つところにもってくる必要があるのかって、そのわけを考えたとき、気がついたことがあったんだ。それはブルジョワが、自分たちの出身に誇りをもっているらしいってことだ」

「どんな誇り？」

「ひとことでいえば、自分たちの祖先が額に汗する労働者だということさ」

「ジローの話は飛躍するね。どんな根拠があって、そんなことがいえるのかしら？」

「あのレリーフの右下に職人たちの絵があったでしょう。〝金槌で壺を打ち出している真鍮鍛造師、絵筆で花瓶に絵付けをしている陶器職人、両手でドレープ織を捧げもっているラシャ職人〟の三人なんだけど、あれを見たときにピンときたんだ。だって彼らは、ウィリアム征服王や聖ミカエルとは格が違いすぎるじゃない。にもかかわらず普段着姿の職人たちを、船会社が彫刻家に加えさせたのは、ブルジョワがそれを望んでいたからだろう。つまりこの船の一等客はむかしの職人を見て、自分たちのご先祖が肉体労働者だったことを思いだしているにちがいない、とぼくは睨んだんだ」

こんな説明では、もちろんヒロコは納得しない。

「一等客の祖先が肉体労働者だったとはかぎらないわ」と攻めてくる。

「それはその通りだ。でも、たとえ先祖がなにをしていたかわからなくても、ブルジョワは多分そうだったと自分にいい聞かせているんじゃないかな。彼らはいまでこそタキシードに身をつつんで、ホワイトカラー然としているけど、しかし世間は彼らのことをどこの馬の骨だと怪しんでいる。だから彼らは、自分たちの出が緑の馬車で放浪するジプシーでもなければ、戦後の景気復興に乗ってうまく立ち回った山師でもないといいたいんだ。農民であってもいい、物づくり職人であってもかまわない、とにかく自分たちは〝生産〟に従事する集団の末裔であるという起源神話を、彼らはつくりたいのさ。だから名も無き職人たちを、あえてウィリアム征服王や聖ミカエルの末席に描かせたにちがいない、とぼくは見当をつけたんだ」

「たしかに、自分たちの起源が労働者だといいたがる人が、ブルジョワには多いわね。その点、わたしの父親なんか正反対だった。三井の重役になってからは山高帽なんかかぶっちゃって、西洋人を気取っていたんだけど、生まれが街道筋の本陣の次男坊だったことは誰にもいってなかったみたい。ジローのご先祖がなにをしていたかは知らないけど、郷里の生業《なりわい》を棄てることが日本の近代化だったのね。そういえばアメリカの百万長者はどっちなんだろう。彼らも身ひとつで叩き上げてきたことを自負しているのかしら。そういう富豪はどんな家具を好むのかしらね」

アメリカのことはわからないが、フランスのブルジョワが自分の出自をかくそうとしないというヒロコの指摘には、ぼくもまったく同感だ。それはやはり、彼らは自分たちの集団を拡張させるために、徹夜もいとわず、勤勉に働きつづけているからなんだろう。自信があるんだ。〝俺たちは俺たちのために奉仕している。だから、ほかの集団《やつら》の目なんて気にしないのさ〟といったところが彼らの本音だろうか。

職人たちを描き込んだレリーフを前にして、――パンフレットによれば、作者はレイモン・ドラマールという彫刻家で、題名は『ノルマンディーの技芸と歴史的記念物』だったけど――一等客が達成感にみちた面持ちでこれを仰ぎ見て、共同幻想に浸っているんだろうと思うと、ぼくは彼らのことが切なく感じられてしまった。

こんなことを考えていると、ぼくは「フランスのブルジョワに、ぞっこんなようね！」とヒロコにからかわれそうな気がしてきた。話をかえようと思って、「向かい側のレリーフは、『スポーツと競技』をテーマにしていたんだよ」とヒロコにいってみたが、これがまた空振りに終わった。

「ピンとこなかったな」と、素っ気なくかわされてしまった。

一筋縄ではいかない

ぼくたちはいま、昨夜ダンスをした軽食堂で遅い昼食をとっている。昼下がりのけだるさが、彼女に愛嬌のない返事をさせたのにちがいない。

「そうだ、バンケットルーム（宴会室）に行ってみないか。そこには、もうすこし芸術的なレリーフがあるらしいよ」

ヒロコはちょっとめんどくさそうな顔をしたけど、つきあってくれた。

バンケットルームのそれは食堂のよりは小さかったけど、部屋の一方の湾曲した壁全体をおおっていたので迫力満点だった。

「これはいいわね」、ヒロコもお気に召したようだ。

題名はなんというのだろう。中央にノルマンディー地方のオージュ、コー、ブレという地名が書き込まれている。それぞれを象徴する三人の美女もいて、しなをつくって果実を入れた篭をもっている。その右では子供が鵞鳥を追いかけている。

ノルマンディーといえば、ぼくの好きな林檎酒カルバドスの産地である。それを物語るように中央上部には、ローマ神話にでてくる果物の女神ポモナが配置され、そのまわりは、林檎の実を棒で落とす女、それを大樽に入れる男、そこから出てくる果汁を壺に入れる男と女が囲んでいる。

右側には牛の親子がいる。この地方特産のカマンベールチーズにちなんだものだろう。要するにこのレリーフは、ノルマンディー地方に天が与えた農産物を描いている。そこでぼくはこれを『ノルマンディーの豊饒』と呼ぶことにした。

「ねえ、ジロー、これをつくった人じょうずだね。なんていう作家?」

「アルフレッド・ジャニオ!!」

「なんだ、一九三一年の植民地博覧会で、博物館の外壁を担当した彫刻家じゃない！　あのレリーフは『植民地の豊穣』という題名だったよね。この人、才能があるね。林檎の木、女神、人物、牛がびっしり描き込まれているのに、どれにも動きがあるから窮屈に見えない」といい

つつ、

「でも、こういうのって、いわゆる絵とはちがうみたい。さっきのジローの説によれば、これもブルジョワの祖先が労働者だったという、彼らの共同幻想を描いているということになるのかしら」

「そうだね。『ノルマンディーの豊饒』にしても、『植民地の豊穣』にしても、ジャニオはそんなブルジョワの心情をよく酌み取っているね。でも、この絵はその先のことも物語っているような気がするな」

「その先のことって?」

「この絵では、ブルジョワたちの幻想が拡張されて、無意識のうちに彼らの欲望が滲みでているように思う」とぼくはいったけど、もちろんこんな独り合点の話し方では聞かされている方は迷惑というものだろう。そこで、ぼくは自分の思いつきをなんとか整理できないかと試みることにした。

「まず、当初の共同幻想のときは、ブルジョワたちは自分たちの身のほどを知るという気持ちがつよかったんだと思う。分際をわきまえるというやつだ。ところがそいつが徐々に膨張しだした。具体的には、田舎の農民や異郷の原住民に、自分たちの祖先を見いだすようになった。そしてそれにともなって、彼らの欲望を自制していたはずの幻想が他者を支配する根拠へと変化していった。ブルジョワは他者に自分たちのルーツを見いだしたんだ。そして、彼らは自分たちと似たような共同体なんだから、自分たちの金儲けに協力してもいいはずだという理屈を編みだしていったんだろう。もちろん身勝手な理屈だけどね」

「ジャニオのレリーフを見て、そんなことまで考えたの⁉ ジローはほんとに深読みが好きだね。わたしにはその話の真偽はわからないけど、ただ、ジャニオが田舎の農民や異郷の原住民を仲間のように見ていたということは、わたしも感じるわ。彼らを見るジャニオの目はとてもやさしいよ」

ヒロコのいうとおりだ。この彫刻家には天賦の才がある。並の人間だと、上から目線になりがちな田舎を見る目が、彼の場合には〝慈愛〟さえ感じさせる。その慈愛があったから、ぼくはさっきのように想像してしまったんだ。

もっともこの慈愛には、なにか名状しがたいものがひそんでいるようだけど。ジャニオはブルジョワがいだく、別の気持ちも忖度しているみたいだ。

異郷の営みに、自分たちの労働者としての起源を重ね合わせようとする郷愁の念と、そこに新しい産業の萌芽を見いだそうとする彼らの利益追求の意思。その両方を、ジャニオはこのレリーフに共存させているように思えてならない。

「ジャニオの描く異郷は牧歌的でいいけど、でもちょっと怖くない？」とぼくが訊くと、

「わたしは感じないけど⁉」とヒロコは怪訝な顔をする。

「慈愛に溢れた目で見るのは、そこに住んでる人たちには迷惑かもしれないよ」

「またジローの深読みね。それよりこの船には、ほかにも彼のレリーフはないの？　もっと見たくなっちゃった」

「パンフレットを見るかぎりないね。さっきヒロコが思いだしていたけど、彼の最高傑作は植民地博物館のレリーフだろう。小説『ジャングルブック』の挿し絵みたいで、子供だましのようだけどよく見ると深い意味がひそんでいる。前に見たとき、そう感じたな」

「そんなに含蓄のある情景があったっけ？」

「たとえば壁画の一部に、ニューカレドニアがでてくるんだけど、全体は例の慈愛にみちた調子でありながら、ところがそこに〝鉛、銅、石炭〟の文字が書き込まれている。要するにジャニオは鉱物資源の採掘にも目配りしていたんだ」

「なるほど、慈愛の裏に打算あり、か。フランス人は一筋縄ではいかないね」

「そう、彼らはふところが深い。というより二重人格かな」

「それでもわたしは、ジャニオが好きだな！　なんといっても、現地の人を見る目がやさしいじゃない！　彼の眼差しには、あたかも不遇な育ちの人が幸せな家庭を覗くときのような、羨

望の気持ちすらまじっているように感じたわ」と、ヒロコはすっかりジャニオの虜《とりこ》になってしまった。

ほんとは、ぼくも同じ気持ちだった。植民地博物館の外壁には、中央玄関をはさんで、その左側にモロッコ、アルジェリア、象牙海岸、コンゴ、スーダン、マダガスカルなどアフリカ各地の営みが、右側にラオス、カンボジア、トンキン、安南、コーチシナなど東南アジア各地の営みが描写されていたが、ぼくはとくに東南アジアの側が好きだった。描かれた情景は、ジャニオが現地の営みに郷愁を覚えているのではないかと思わせるほど、それを見る眼差しには温かさがあった。

でもそれでいて、ぼくはジャニオの冷静な眼差しも見逃すことができなかった。ラオスの情景にはヤシ油を絞る場面があったし、コーチシナ（ベトナム南部）の情景には籾米《もみごめ》やトウモロコシの栽培に混じって、ゴムの樹液を採取する場面が描き込まれていたことも忘れられない。ジャニオの異郷に向けられた眼差しは複雑なのだ。一方でブルジョワの慈愛を代弁していながら、他方で彼らの資源確保という打算を暴露していた。

ブルジョワの正体は、異郷から利益を引きだす現実主義者だ。異郷が自分たちの利益に叶う従順な存在になってくれる度合いに応じて、彼らは異郷を理想郷として美化する。そして、異郷で生きる人たちに自分たちの原点と同じ、肉体労働者の姿を探そうとする。もちろん、そんな気持ちは勝手な幻想に過ぎないが……。

「ヒロコはどう思う？　金儲けって自分に努力を課すだけじゃなくて、他人にも自分の利益になる行動を強いることなんじゃないかな。これからの時代、かつては家内工業だったカルバドスやカマンベールチーズづくりだって、産業資本家が現地の人を雇用して、全国銘柄の商標ラベルを貼りつけて、工場生産しだすような気がする」

「ブルジョワはそれを自覚しているから、〝自分たちにとって都合のいい、つまり理想的な共同体を異郷に見いだしたがる〟、ジローはこういいたいわけね」

ヒロコに結論をいわれてしまったが、そんなところだ。かつてのブルジョワは国内の田舎に理想の共同体を見てきたが、いまやそれは国外の植民地に拡張していく。自分たちの理想郷が、はじめはノルマンディーの農業や物づくりにあったとしても、その理想郷がつぎは北部アフリカ、中央アフリカ、さらにはアジア、オセアニアにもあるはずだという具合に。

ブルジョワは自分たちの生き方を基準にして異郷を見ている。だから彼らは、田舎や植民地から自分たちの生き方を揺るがすものがでてくるとは思っていないし、また、それを望んでもいない。彼らが異郷にたいして共同体意識をいだくといっても、それはあくまでも観念のうえでの話であって、異郷の営みにたいする彼らの関心は、自分たちとの類似をそこに見いだすか、あるいは未知の営みを、自分流儀で解釈することにかぎられているといってもよい。

こういう自己中心の世界観、要するに他者を自分の尺度で理解しようとする欲望は、なにも産業開発や資源収奪のときに見られるだけではなく、彼らが異郷に未知の文化を発見するときにも発揮される。

ありていにいえば、ブルジョワは異郷をテーマパークのように見たり、異郷を野外博物館に見立てて知的好奇心を満たす。挙げ句の果てには、異郷の住人を文化人類学の対象として観察する。

異郷の営みに好奇心をいだくということは、未知のものから学ぶようでいて、結局は異郷をフランス文化の構造に組み込むことになっていく。だから異郷と自分とのあいだに類似を見いだすことは、異郷を武力で支配することよりも、もっと酷い仕打ちを異郷に与えかねない。

異郷の文化にフランスの文化をトレースすることは、彼らの肉体のみならず、彼らの心までフランスに迎合させることにつながりかねないからだ。それは異郷の政治的な植民地化であるだけでなく、精神的な内なる植民地化である。

ジャニオのレリーフは、ヒロコとぼくを、異郷絵画にたいするこんな疑念にまで導いてしまった。

⁂

この船には、ジャン・デュナンという人の装飾画もあちこちに設置されている。きのう喫煙室にノルマンディーの女神を見にいったとき、主題が女神じゃなかったのでパスしたけど、彼の大壁画がいくつもあった。

どれもがアフリカを主題にしていた。さっきのジャニオのレリーフとは、テーマが異郷ということでつながっているけど、デュナンのほうはもっと一癖も二癖もありそうだ。

ヒロコはどう感じるだろう？　バンケットルームを出て、エレベーターで軽食堂に取って返し、ノルマンディーの女神のお出迎えをうけながら、喫煙室へとつづく階段を降りていくと、ヒロコとぼくが同時に目を留めたのはデュナンの『収穫』という壁画だった。

喫煙室とその向こうの大客室とを仕切る両開きドアの左側に、それはあった。高さ、幅ともに六メートルくらいある。ジャニオのレリーフとくらべると、登場人物がノルマンディーの農民から、アフリカの労働者へと置き換えられているが、農作業が主題になっているところが二人の目を引き寄せたのだろう。

「これはなに？　ブルジョワは自分たちの起源である肉体労働者の同類を、アフリカでも探しはじめたっていうわけ!!」と、ヒロコが驚きの声をあげた。

「まったく彼らの欲望は、地球規模で拡張していくね」

「でも、同類さがしであっても、デュナンとジャニオは違うような気がしない？　デュナンの描く人物は、なんか影がうすい感じがするわ」と、ヒロコが問いかけてくる。

そういわれれば、『収穫』の黒人たちはなんだか浮かれ調子だ。描かれている場面は、葡萄の房を満載した大樽を、荷車に乗せて牛に牽《ひ》かせているところなのだが、ラッパや竪笛に合わせて半裸の黒人たちが阿波おどりのような恰好をしている。いくら葡萄の豊作を喜んでいるといっても、これでは芝居じみている。うしろから付いていく犬までが、立ち上がって踊《おど》りだしている。

要するにジャニオのレリーフだと、観覧者が画中の人物たちの生きざまに感情移入できるようになっていたのだが、それにたいしてデュナンのほうはその逆で、画中の人物たちが観覧者に気に入られるように演技させられている。

「ちょっときわどい言い方になるけど、デュナンは傀儡師《くぐつし》だ。画中の人物を操っている。画中の人物にしてみれば、ジャニオとデュナンの眼差しのどっちが不愉快であるかはいうまでもないだろう。いいなりになっていれば支配者に気に入られるとわかっていても、操り人形になるのは厭にきまっているからね。誰だって尊厳が失われるのは厭さ」と、ぼくがデュナンを批難すると、

「もっともデュナンにしたって、自分の胸先三寸で異郷の人たちを、思い通りに操ろうとたくらんでるとはいいきれないわ。彼のクライアントである船会社が、得意客のブルジョワの意向をくんだのでしょう。そういう力関係のなかで、彼は一等客に媚びをうる姿態を、画中の人物や犬に演じさせているのよ」と、ヒロコはデュナンをかばった。

でもヒロコの優しさもそこまでだった。

「さっきジローは、ブルジョワが自分たちの共同幻想を、地球規模で拡散させているって指摘していたでしょう？　デュナンはそれを、とくに西洋本位でやってるわね。だってアフリカ人のことを、あたかも動物園に入れられた野獣を見るように、自分たちに刃向かってくる恐れのない隣人として描いているじゃない！」といって、デュナンへの不信感をあらわにした。

「ヒロコのいいたいことはわかるよ。彼の描くアフリカ人は、アンクル・トムのように従順そうだしね。そういう同類さがしの負の面を指摘されると、ぼくのブルジョワにたいする気持ちも、礼讃一辺倒とはいかなくなりそうだ……」

「ジャニオとデュナンの間には深い溝があるわね。植民地に行っても、デュナンの描くアフリカは見つからないと思う。彼のアフリカは、ブルジョワの心のなかで育っていったんだから」

こういって、ヒロコはこの絵の前を離れた。

『収穫』の反対側、喫煙室と大客室を仕切る両開きドアの右側にも、やはりデュナンの大壁画がある。こちらの題名は『馬の征服』だ。裸馬に跨がる二人の青年が、投げ縄で野生馬を捕獲するシーンが描かれている。逃げまどう野生馬の躍動感が素晴らしい。世間でデュナンの漆画――そう、彼の絵は漆製なのだ――が人気なのも、こういう描写力の巧みさゆえだろう。

でも、この絵には不思議な違和感がある。そもそも、いったい地球上のどこで、こんなふうに裸馬に乗った青年たちが、野生の馬を捕まえているというのだろうか。デュナンの絵には、どれをとっても絵空事といったふうが漂っているが、この絵の場合は極端だ。

「ヒロコ、これはおとぎ話のような絵だね。ちょうどいい、アメリカに帰るところらしい夫妻が、隣でこの絵を見ているから訊いてみようか。〝アメリカでは、こんなふうに馬を捕まえて遊んでいるんですか?〟って」

「そんな馬鹿げたこと訊くの? 止めなさいよ。いくらアメリカ人がお人好しだといっても、きっと怒るわよ」

「そうだろうな。それにいま思いだしたけど、アメリカではなくて日本で、似たような場面を見た気がする。そうだ、曲馬団だよ! あれって、西洋のサーカスを輸入したものだよね。ということはデュナンは、サーカスの曲芸をアフリカの青年をモデルにして再現したのかもしれない」

「それで演技のような馬の捕獲シーンなわけね」

「要するに、デュナンは達者なんだよ。だから、ブルジョワが異郷になにを見たがっているかを察知して、それを必要以上に誇張してしまうんだろうね」とぼくが歩きながらつぶやくと、ヒロコは納得できないといった調子で、「でも、それがあだになってない？」という。そして、「作品は娯楽の域をでてないよ。テーマパークのアトラクションみたいだわ」と、てきびしい。


ぼくはノルマンディー号のレリーフや装飾画を見ているうちに、それらの目的はたんに客の目を楽しませることではなく、ブルジョワの人生観の表明であることに気づかされた。ドラマールの『ノルマンディーの技芸と歴史的記念物』では、自分たちの原点が肉体労働者だという共同幻想を唱えていた。

ジャニオの『ノルマンディーの豊饒』では、その共同幻想を拡張して、自分たちの原点が異郷の生業《なりわい》にあるという虚構をつくりだしていた。

そして、デュナンの『収穫』にいたっては、異郷の生業を画家に描かせて、自分たちは新しい芸術の創造者であると謳いあげているではないか。

世界の中心にフランスがある

そんなブルジョワの人生観だが、それは突き詰めていくと、彼らの国家観ともつながっているらしい。ぼくがこう考えるようになったのは、同じ異郷絵画でも、植民地博物館の内部を埋め尽くしていたフレスコ画を見ていたときだった。

それにしても、バンケットルームや喫煙室で大きな絵を見てきて首が疲れた。日本人は巨大空間で絵を見ることに慣れていないんだ。茶室のような狭い空間じゃないと落ち着かない。どうやらヒロコも同じ気持ちでいるらしく、二人して今日もまた大客室の椅子にへたり込んでしまった。お茶にしよう。

「ヒロコ、ブルジョワの異郷にたいする欲望はやっかいなものだね。欲望の翼は、世界のどこにでも向かって飛んでいってしまうらしい。ああいう欲望には男臭さもあって、ぼくなんか引かれるところもあるけど、でもはた迷惑なものだしな」

「そんなこと思ってるから、ジローは古いねっていわれちゃうのよ！」

「さっき、植民地博物館の話がでたとき思いだしたんだけど、内部の中央ホールを埋め尽くしていたフレスコ画にエンパイア・ステートビルが描かれていたこと、ヒロコ覚えている？　正面の絵だよ！」

「そうそう、あれなんだったの？　まわりは仏領インドシナらしき情景ばかりだから、それと一緒くたにされたアメリカ人は怒ったんじゃないの？」

「ぼくも最初は変だと思ったよ。でも、あとで写真を見て気づいたんだ。エンパイア・ステートビルの横にフランスの婦人が描かれていたでしょう。彼女、左手に白い鳩を乗せていた。そして右手ではギリシャの裸婦と手をつないでいた。それでわかったんだ。あれはフランスがギリシャと組んで世界の文明、つまりヨーロッパ、アメリカ、アフリカ、アジア、オセアニアを制覇するという暗喩だったとね。いわば、『五大文明制覇之図』だったんだよ」

「そういうことか。ブルジョワは神をも恐れないね」

「ジャン・デュナンひとりが、ブルジョワの世界制覇を担った芸術家だったわけではないということだ」

「やっぱりブルジョワの打算って、欲望に満ちているのね。植民地博覧会は、それにうってつけの舞台だったんだ」

「中央ホールの正面に、エンパイア・ステートビルが描かれた理由がわかったことで、もうひとつの謎も解けたよ。博物館の玄関に立っていた巨大な『アテーナー像』、あれも植民地と関係なさそうで不思議だったんだけど、結局、あれは五大陸をあまねく照らすフランスの威光を示していたんだ」とぼくが自説を披露すると、

「そうか……、あの女神像、金色に輝いていたもんね。それにアテーナーって、戦争と芸術の神だったよね。硬軟両面から世界を牛耳ろうとするフランスの思惑にぴったりじゃない」と、ヒロコはぼくの説を補強してくれた。

「祖国フランスがギリシャを後ろ盾にして、世界の中心にあることを満天下に知らしめすことが、ブルジョワの狙いだったんだな」

そんな狙いに気づかされたことで、博物館内に描かれているフレスコ画のすべてが、ぼくにはフランス覇権主義の寓意であるように思えてきた。たとえば、中央ホールに向かって右側の部屋。そこは博覧会の総監督だったユベール・リヨテの書斎だったが、そこにも一風変わった絵があった。

「ヒロコ、リヨテの書斎には、〝瞑想する釈迦、教えを垂れる孔子、そして、横笛を吹くヒンドゥー教のクリシュナ〟が壁いっぱいに描き込まれていたのを覚えている？　ぼくはあれを見て、ちょっと厭な気分になったな。だってブルジョワは、アジアの三大宗教まで、フランスの支配下にあることを見せつけているようだった」

「リヨテって誰?・」

「彼は軍人で、トンキン、ハノイの進駐軍スタッフを務めていたこともある人だった」

「なんにしても、わたしは寓意のつよい絵は嫌いだわ。植民地博物館の芸術は、どれもこれもがフランスのプロパガンダなんだという批判がでてきそうじゃない？　ジローも心配でしょう？」

「そうなんだよ。ブルジョワの生きざまにひそかに気脈を通じているぼくとしては、気がかりだ。アフリカ絵画、エンパイア・ステートビルの絵、アテーナー像、こういったものも今日のフランス芸術であることは、紛れもない事実なんだけどね……」

「でもやっぱり『五大文明制覇之図』と聞くと、日本の大東亜共栄圏を思いだしてしまうわ。結局、ジローはこれからもブルジョワに付いていくの、どうするの!!」と、ヒロコがぼくの迷いを見透かしたように訊いてくる。

「さっき彼らのことを〝二重人格じゃないか〟といったから、どっちつかずに見られても仕方ないね。彼らにたいするぼくの気持ちも二重だよ。世のなかを自分たちの信念で塗り替えようとする彼らの意思の力には拍手喝采だけど、でもそれが暴走するのを見ていると反感もわくってところかな」

「暴走するって？」

「自分で自分の欲望に歯止めをかけられないところかな。どれほど反革命があっても、旧体制を否定しつづけるなんて、日本人には真似のできないことだから、その熱量には敬意をはらうよ。でもだからといって返す刀で、田舎の人や植民地の人を自分たちに似せて、無理やり〝文明化〟させなくてもいいんじゃないか」

「そんなに、異郷の人を自分たちに似せようとしている？」とヒロコが訊くので、ぼくはつい、「パリでチャールストンを踊って評判をとったジョセフィーヌ・ベイカーなんて、その最たるものだ。アメリカでは売れない芸人だったんだから。黒人が白人の真似をしているってんでもてはやされたんだ。ぼくも自分の店で、黒人芸術のようなアール・デコの彫刻を売っていたけど、流行を利用しているようでうしろめたかった」などと、言わずもがなの告白をしてしまった。

シュルレアリストの反植民地主義

「それにしても、この船の一等客は異郷絵画を見て、良心が疼《うず》かないのかしら？　いくらブルジョワが、自分たちの起源も労働者だから、植民地の営みを慈愛の眼差しで見ているんだと言い張ったって、日本だったら誰も相手にしないわ」とヒロコが話を蒸し返すので、ぼくは、

「そうはいっても、〝両極端は合い一致する〟という原理があるからね。ブルジョワは自分たちと植民地の住民とのあいだには、肉体労働者としての共通した生き方があると信じたかったんだろう。それに両者は、そもそも支配者と被支配者という関係であることは最初からわかっているんだから、ブルジョワは傀儡師に現地人を操る絵を描かせても、非難されることはないと高を括っていたんだろうよ」と応じて、話を終わらせようとした。

ところがヒロコの疑念は、根が深かったらしい。通り一遍の説明では収まらなかった。

「百歩譲って、ブルジョワの所業はそれで理屈がつくとしてもいいけど。でもね、よく聞くでしょう、彼らが絵画に異郷の営みを接ぎ木するのは、それでもって自分たちの絵画を延命させるという目的があるからだという説明。ジローはどう思う？　あれって、自己中心の極致なんじゃないかしら」と話をシリアスにしてきた。

さて、どうしよう。ぼくも自分の店で、黒人の仮面のようなアール・デコ彫刻を売ってきた手前、逃げ切れそうもない。かといって、ブルジョワが自己本位であることとの責を、ぼくひとりに背負い込まされてもたまらないし……。異郷絵画には困惑させられるばかりだ。

「でも他国の営みを、自国の絵画に取り入れてきたという点では日本も負けていないよ。ただ日本の場合は、輸入してくる国が日本よりも優勢な中国やフランスだったから、自己本位だとは誰も思っていないけどね。結局、支配する側が、支配されている側から何かをもってくると、それは自己本位な収奪と見えるんだろう。だからブルジョワの場合も、文化移植という構造の面で見るならば、実はそんなに悪辣なことでもなかったと思うよ」

「だったら、文化移植の構造は同じでも、その目的に違いがあったということね？」と、ヒロコは依然として疑念が晴れないという顔をしている。

⁂

異郷絵画にたいする批判も、なかったわけではない。そのひとつが、シュルレアリストの企画した反植民地主義の展覧会だった。

「アンドレ・ブルトンたちが植民地博覧会に反対していたって、聞いたことがある？」とヒロコに訊くと、「初耳だけど……」という。

実際、その出来事はパリっ子たちの耳目を集めなかった。ぼくも植民地批判のチラシを渡されて、シュルレアリストがこんな運動をしているのかと驚いた記憶がある。彼らは植民地博覧会の会期にぶつけて、一九三一年九月に『植民地の真実』という展覧会を開いていた。会場は、アール・デコ博のときのソヴィエト館だった。

会場には反帝国主義のグラフィックや絵画が並んでいたそうだ。でも、どうしてブルトン、ポール・エリュアール、トリスタン・ツァラといったシュルレアリストが植民地博に反対したのかぼくにはわからなかった。後になって、彼らが共産主義者だったことを知るにおよんで、おぼろげにわかってきた。展覧会の会場がソヴィエト館だったのも、彼らの思想が関係していたのだろう。

共産主義というと、日本ではプロレタリア革命を目差す危険思想と理解されている。しかしフランスの知識人や芸術家は、この思想をそんなふうにはとらえていないようだ。彼らはもちろんマルクスやレーニンの思想についてあれこれいうが、しかし左翼系の知識人や芸術家が、労働者の占拠している工場に乗り込んでいって、ストライキの先頭に立ったという話は聞いたことがない。

彼らはあくまでも歴史学や哲学として、共産主義を論じていたように見える。だから彼らが唱えているのは、共産主義ではなく、マルクス思想だといったほうがよさそうだ。ブルトンにしても共産党の過激な街頭活動には悩まされて、最後は離党したという。

シュルレアリストたちはマルクス思想を、階級闘争のイデオロギーとしてよりも、ブルジョワの功利的な生き方と、その可視化である異郷絵画を批判する論理として使ったのだろう。

もっともマルクス思想で芸術を語ったりすれば、マレ地区にあったぼくの店で家具修理を請け負ってくれていたユダヤ人の職人たちは、〝上流階級を批判してどうしようっていうんだ。

そんなことをしたら、俺たちはおまんまの食い上げだ〃と怒ったことだろう……。

　ヒロコが訊いてきた。

「植民地からの文化的収奪は、シュルレアリストたちの目には、異郷文化の自分勝手な消費だと映ったんじゃない？　だから植民地博覧会のパビリオンで、アフリカやアジアの呪術品や生活用具が並べられたことが、恰好の標的にされたのよ。そのうえ博物館の内外を異郷絵画で埋め尽くしたんじゃあ、シュルレアリストの怒りを買って当然ね」

「そういう覇権主義にも、シュルレアリストたちは腹を立てたんだろう。でも彼らがいちばん許せなかったのは、異郷絵画の目的、つまりブルジョワが自分たちの絵画の延命を図ったということのほうだったと思う」

「どうして、それがわかるの？」

「だって彼らは絵描きだよ！　政治家じゃない。彼らは社会道徳や正義感を振り回したかったわけじゃなくて、フランス絵画に巣くっている西洋中心主義を解体したかったのにちがいない。だからその目的のためには、彼らだって黒人の仮面や彫刻に触発されることを望んでいたんだから」

「ブルジョワもシュルレアリストも、文化移植の構造は同じだったっていうことね。ただその目的が違っていた。これって、さっきわたしがいったことじゃない」

「そうだね。ところでヒロコの店では黒人の仮面や彫刻を置いているの？　あれも珍品だと思うけど」

「同業者には置いているところもあるけど、わたしの店には向いていないな。それよりも、どうしても頭のなかがすっきりしないんだけど、シュルレアリストはブルジョワの異郷絵画を批判していながら、自分でも黒人の仮面に力を借りようとしたんだよね。それって、ミイラ取りがミイラになったっていうこと？」

「違うな……。毒は毒をもって制すということだろう。シュルレアリストは、芸術家に異郷絵画を描かせてうわべの世界平和を演出するブルジョワの偽善が我慢ならなかった。だからそんな弥縫策《びほうさく》のような代物を、ほんものの黒人の仮面でぶっ潰そうとしたんだ」

「黒人の仮面は、それほど破壊的な力をもっていたんだ」

「原始主義《プリミティヴィズム》なんていう言葉をもちだすとわかりにくいんだけど、土着性や神秘性といった原始的な力に、シュルレアリストは魅せられたんだろう。それでもって、彼らはブルジョワが支えてきた西欧のアカデミック絵画を否定したわけだ。彼らは西欧絵画が定番にしてきた神話、物語、建国譚、英雄譚に倦《う》んでいたんだよ」

「だったら、原始主義って危険思想じゃない！」

「そうでもないだろう。アカデミズム批判っていうと、こわもての活動のようで共感を呼びにくいけどね。でも毎年開かれている官設美術展のマンネリには、みんなうんざりしているでしょう」

「だったら、黒人の仮面は芸術家の精神や個性を解放してくれたということね」

「そこだろうね、シュルレアリストが黒人の造形に触発されたかった本質は」

「それで反植民地展覧会は、政治活動ではなく芸術運動だったということになるわけね」

「一見、同じに見える異郷文化の移植だけど、ブルジョワの場合は、西欧絵画の延命が目的で、シュルレアリストの場合は、それの解体的出直しが目的だったということになるのかな」

とぼくが整理すると、ヒロコがなにかいいたげな顔をしだした。

⁂

「ちょっと待って！　それって、それこそステレオタイプな整理じゃない？」と混ぜっ返してきた。

「でもブルトンが語っていたけど、ジャコメッティはスランプに陥ったとき、蚤の市で手に入れた黒人の仮面によって立ち直れたそうだ」と実例をだしてみたが、これがヒロコの違和感をかえって募らせてしまった。

「いまのジローの整理を聞いているとね、あなたはシュルレアリストのほうが深淵な目的をもって黒人の仮面に触発されているって、言外にいってるようだけど、ほんとにそうかしら!!」

「ヒロコだって、さっきは異郷絵画は弥縫策だといってたじゃない?」

「そうね。あれは撤回する！　というか、わたしがいいたかったのは、ブルジョワが植民地政策を芸術創造にすり替えているような感じがして厭だったんだけども、でももういいわ。前言取り消しよ」

「だったらヒロコは、どうして異郷絵画にも深淵な目的があるように思えてきたの?」

「これについては、ジローと意見が対立するかもしれないんで、はっきりいわせてもらうけど、それはわたしがシュルレアリストの唱える西欧中心主義の解体に共鳴できないからだわ。ことわっとくけど、わたしはフランス中心が好きだというわけじゃないのよ。でも、なぜその解体を西洋人が主張するの？　その理由が分からないの」

「それはたしかにそうだ。アフリカの黒人がそれを突きつけてくるのならわかるけどね。シュルレアリストはかつての神話や物語を排除し、その代わりに無意識に着目して、超現実主義を唱えているよね。でもヒロコがいうように、あれはいったい誰のための絵画なんだろう？　そこが見えないかぎり、彼らの絵画がどれほど芸術家の精神を解放するものであっても、論理の遊戯のようにも思えてくる」

自分で自分の言葉に誘発されて、ぼくはこんなことを口走ってしまった。

「もしかしたらシュルレアリストは、芸術分野で階級闘争をやろうとしたんじゃないか？　彼らはマルクス思想に影響されているから、ブルジョワを批判する口実として、異郷絵画を攻撃したのかもしれない」

「そこまでいくとわたしにはわからないけど……。それにここが肝心なところなんで、ぜひ聞いて欲しいんだけど、そんな誰のものだかわからない絵画に、装飾の役目が宿るとは思えないわ。あなたは繰り返しいってたじゃない。〝装飾は人生観の表明だ〟とか、装飾ってのは〝自分が帰属する社会集団の存在感を示威する思想だ〟なんてね。その持論からすると、誰が望んでいるんだかわからない絵画が、誰かの人生観を表明したり、誰かさんたちの存在感を示威するはずがないわ」

「なるほど。超現実主義は、絵画史という領域のなかでの思想的実験ではあっても、それを支持する社会集団とは紐付いていないということだね」

「そうよ。だからあなたの装飾論の立場からすると、シュルレアリストの反植民地主義を評価してはだめでしょう。それに、ブルジョワのように階級や集団相互の闘争を勝ち抜いてきた人たちの異郷絵画でないと、迫力がなくてわたしには物足りないな」

「さっきまでと打って変わって、異郷絵画の礼讃だね」

「からかわないで！　異郷絵画は、ブルジョワに対する大衆、あるいは、ブルジョワに対する植民地の農民といった緊張関係のなかから生まれてきたものじゃない。だからわたしは、見ていて感情移入ができるの」

「ヒロコは絵画の進歩を考えるとき、ブルジョワの欲望が果たす役割を、過小評価するべきではないといっているんだね。彼らの絵画は、田舎や植民地にたいするブルジョワの尊大な慈愛と、それに内心で抵抗する現地人たちとのせめぎ合いの結果だからね」

「これまでのわたしたちの立場が逆転してしまったわね。せっかくあなたがブルジョワとの距離を、冷静に測ろうとしだしていたのに、わたしったら彼らの絵画を礼讃してしまったんだから。混乱させてごめんなさい。でも装飾の理論化って、シュルレアリストの絵画からは導きだせないでしょう。彼らは絵画を、自分たちの人生観や生活に連動させていないんだから。彼らにとっての装飾って、額縁に彫り込まれている金色の唐草のように、絵のテーマとは関係なくどこにでも存在しているものだからね」

ヒロコのいうことには一理ある。いや、二理も三理もありそうだ。ブルジョワの生き方にたいするぼくのこれまでの、情緒的共感が剥ぎ取られていくようで、ぼくはマゾヒスティックな快感を覚えた。

黒人の仮面から受けた衝撃で、西洋絵画の解体的出直しを期したシュルレアリストと、その衝撃から新しい絵画を創ったブルジョワ。そのどっちが、これからの芸術をリードしていくのか。超現実主義者は、絵画を既成概念から解放すべきだといっているが、でもいくら束縛のない自分を見つけたつもりでも、生きている以上、その先でまた現実が待ちかまえていそうな気がする。

「ヒロコのおかげで、冷静にブルジョワの異郷絵画が見えだしたよ。もう無邪気に傾倒してはいられない。ありがとう」

性的妄想

いやはや、ヒロコとの対話は実りが多いけど、でも疲れる。一旦、船室に戻ろうということになった。

ヒロコが歩きながら、こんなことを訊いてきた。

「それはそうと、ジャン・デュナンってどんな人なの。あの人はクライアントの意向ばかり気にしていたの？　わたしも最初は彼をブルジョワの奉仕者かと思ってしまったけど、実際はどうだったんだろう……。それから、政治の視点でばかり絵画を読み解くのは疲れたわ。夕食のときくらい美に浸りたい！」

商魂たくましいヒロコも根は繊細だったんだ。それともぼくらの交わしてきた対話が、彼女にこんな気持ちを吐露させるほど、二人の距離を縮めたのだろうか。

デュナンで美に浸るんなら、彼の絵画はどれもが東方へと誘《いざな》っているから、オリエンタリズムが夢の舞台になるかもしれない。

「ヒロコ、オリエンタリズムのことどう思う？」

「これまでその種の芸術を扱ったことなかったな……」

「西洋人がいだく北アフリカ、中近東、インド、中国、はては日本への好奇心が生んだ幻想のようなものだけどね、ネルヴァルのエキゾチックな小説の題材にもなってきた。デュナンの異郷を見る目にも、恋愛の舞台になってきた東方への憧れがあるよ。ぼくの店にも彼の黒人美女を探しにくる客はいたしね。今回だって彼の『アフリカの女』を仲間に買い取ってもらって、旅費を工面したんだ」

「あれって、そんなに高い値がつくの！」

「最近、彼の漆画の人気はうなぎ登りだね。とくに、黒い画面に赤い金魚を描いたタイプは高値がつくけどね。考えてみれば、あれもオリエンタリズムの部類に入るんだろうな」

こんな話をしているうちに、ヒロコの船室の前に着いた。ディナー用に着替えるというので、ぼくも自室に立ち寄ってから、一等食堂の前室で彼女を待つことにした。

待つことしばし、彼女が現れた。

今夜のヒロコのいでたちは、きりっとしたシャネルのスーツだ。柄は無地で、色はマーブルホワイト。シャネルの服はシンプルなので、活発な彼女によく似合う。でもそんな気の利かない褒めかたでは、かえって二人の関係をよそよそしくしてしまいかねない。言葉を飲み込んでしまった。

給仕係りに合図をする。女神よりもずっと手前の、物づくり職人たちがいるレリーフに近い席に案内された。彼らと一緒なら落ち着きそうだ。まだ七時過ぎという夕食には早い時間だからだろうか、客はまばらだ。

それに今日の海は波立っていた。お客さんは食欲が湧かなくて、部屋で静かにしているんじゃないかな。相客は来ないような予感がする。というよりも、来なければいいのに。自分は小心者だ。

そんなことを考えていると、ヒロコはさっそくメニューを見はじめている。

「生牡蠣を出してくれるかどうか、交渉してくれるんだったよね！」

そんな約束をしてしまったな。意を決して、給仕長を呼んで訊いてみる。

「フリュイ・ド・メールはありますか。メニューとしてなくても、氷の上に並んだ生の牡蠣や貝を食べたいんです。特別に用意してもらえませんか？」

相手は面倒くさいことをいう東洋人だなという顔をしているが、そこは職業柄、丁重に「あいにく生牡蠣はご用意がありません。海鮮料理がお好みでしたら、オマール海老のテルミドールなんかいかがでしょう」、などといいだした。

それって、昨晩ヒロコが注文したものじゃないか。つぎの言葉が思い浮かばず、まごまごしているとヒロコが乗りだしてきた。何度かやりとりがあって、結局、ブイヤーベースということになった。ぼくもそれに便乗させてもらう。あと、それに合う白ワインとサラダを注文して、一件落着となった。


「さっきのつづきだけどね、東方の夢という視点で見ると、デュナンの『アフリカの女』は美に浸らせてくれるよ」

「そう。じゃあ、その話を聞かせて。ジローは商売人なのに、妙に評論家みたいなところがあって、芸術家をあまり褒めないんだから。他人のことを良くいってるジローも見てみたいな」

なんか、ひとこと余計な気がするけど……。でも、今宵の颯爽としたヒロコに免じてやってみるとするか。

実際、『アフリカの女』はデュナンの代表作といってもいいものだった。ここまで彼のことをけなし気味だったので、どの口がいっているんだと揶揄されそうだけれど、あの絵は美しかった。手放すには惜しかった。一九二八年から三〇年ころの制作だ。あれだけの出来だから、いずれアメリカの富豪にでも買われて、一流の美術館に寄贈されることだろう。アメリカ人が見ても、つまりフランス人のアフリカにたいする愛憎の入り交じった感情に疎い人でも、あの絵にはぞっこんになるにちがいない。

「あの絵をヒロコも見たことあるよね。黒人の若い女性が横向きにしゃがんで、顔を後ろに向けている絵だよ。あの絵の魅力、ヒロコはどこに感じる?」

「わたしは色かな。パリにいると油絵ばっかりで、あの重厚さに負けて胃が重くなるときがあるけど、デュナンの色はお茶漬けのようにあっさりしていていいわ」

「ぼくもそう感じるよ。日本びいきだと思われそうで黙っていたけど、漆の色がとびきりいい。赤錆びた大地を想わせるオレンジがかった赤い服と帽子、薄緑色の首飾りと腕輪、金彩を使った身体の輪郭線とサンダル紐。そして銀灰色の大きな花弁をあしらった壁紙と渦巻文様の敷物。これらを黒い肌と黒い背景が引き締めている。漆黒が利いている。東洋人なら、墨絵を思い浮かべるかもしれない」

「すごいべた褒めじゃない。ジローはあの絵がほんとに好きだったんだね。でも、さっきあなたは、デュナンは計算高いというようなことをいっていたけど、そういうところはあの絵にはないの？」

「ヒロコは美に浸りたかったんじゃないの。すぐ、そうやって挑発するんだから！　たしかに、そこがむずかしいところだね。オリエンタリズムには無邪気さとそれゆえの身勝手さ、つまり西洋人を夢の国に誘う面と、西洋人が世界の中心にいるという暗黙の了解を示す面があるからね」

「じゃあ、最初に無邪気さのほうを聞かせて」

「ヒロコも色がいいっていうけど、あれは漆独特の色なんだ。漆って不思議でね、塗ったあと固着させるのに、湿気のある戸棚に入れておくんだ。それでしっとりとした感触が消えないんだ」

「わたしは、なんといっても帽子や服のマットな赤が好き」

「デュナンは漆の技法を、菅原精造という日本人から学んでいる。二人が遭遇した詳細は知らないけれど、でも偶然じゃなくて、あれは必然だったという感じがする。だってデュナンは菅原に遭うまでは、銅や真鍮を打ち出して花瓶をつくる鍛造職人だったんだよ！　彼にとって漆は絵画素材のひとつではなく、東方へと誘うオリエンタリズムそのものだったんだと思う」

「博覧会場に日本館を建てるとき、大工さんやいろんな職人が西洋に出張してくるけど、菅原という人はそのなかのひとりだったのかしら?」

「とんでもない。彼は東京美術学校の漆工専科に入って、高村光雲に木彫まで学んだ漆の芸術家だったんだ。なぜか卒業はしていないけど、日本の漆を西洋に伝えるという使命感をもって、恩師の辻村松華という蒔絵作家とパリにやって来た。たしか一九〇五年だったはずだよ。だから、デュナンのほうが彼をつかまえて離さなかったんじゃないかな。もっとも菅原は漆芸術を革新しようとしていたから、デュナンが漆でオリエンタリズムに向かうのを、冷めた目で見ていたかもしれないけどね」とぼくが想像をまじえて話すと、ヒロコが、

「どうして、そこまでわかるの?」というので、

「だって、菅原はその後もパリに残って、イギリス出身のデザイナーだったアイリーン・グレイと結婚して、コルビュジエのような無装飾の家具を共同制作したんだよ。籍を入れたかどうかはしらないけどね」

「あのクールな家具デザイナーとの結婚なんて、世紀の出会いじゃない!」

ぼくは思いがけず下世話なうわさ話をしてしまったので、きまりの悪い思いをしていると、ヒロコが、

「ジロー、ありがとう。話を漆の色に振ってもらって。鎮静効果があったわ。パリの仕事も忘

れて、日本が懐かしくなっちゃった。それに菅原とアイリーンの結婚話だけど、それがほんとなら、わたしも国際結婚してみようかな」

またもや、ぼくがなにもいえなくてにが笑いをしていると、ヒロコが、
「つぎは、反対の政治的側面も聞かせて。あの絵のどこが、オリエンタリズムの身勝手さを表しているの?」と求めてきた。

食事前の、アペリティフ代わりの話なんだから、シリアスになってはいけないと思いつつも、求められるままにぼくは毒っ気のある話をはじめてしまった。
「あの絵には、フランス男たちの野卑な視線を感じない? それがオリエンタリズムの身勝手さだよ。そもそも男たちはなんだって、アフリカ女の裸身を見たがるのかな? やっぱり異郷の官能を求めているんだろうな。デュナンのアフリカ女は、彼らが日ごろ慣れ親しんでいるフランス女とはちがうなまめかしさを発散させているからね。でも、あれは西洋人相手に演出された性的妄想じゃないか!」とぼくが答えると、

ヒロコは、「西洋の男は異郷の女性をモノ扱いして、彼女たちを征服した気になっているんでしょうね。ということは、オリエンタリズムなんてものも、つきつめればブルジョワの欲望そのものなんだわ。だって西洋の男は、アフリカ女という未知の肉体に欲情しているだけなん

だから。そのアフリカ女が、たとえばブードゥー教について滔々《とうとう》とまくし立てたら辟易するに決まっているくせに。ブルジョワは引き締まった褐色の肉体を、パリジェンヌの裸身に置き換えて見ているだけなのよ」と核心を突いてくる。

「そこまでいわなくても。それに、そもそもあの絵はエロいかな？　ぼくは、あの黒人美女にはそんなに官能を刺激されないんだけど……」と言い返すのがやっとだった。

実際、パリ女をモデルに使って北アフリカのハーレムを描いたドラクロワの『アルジェの女たち』や、ルノワールの『アルジェリア風のパリの女たち』には、画家たちの動機がなんであれ、西洋の男たちを性的な夢に誘い込む官能ならばたっぷりとある。それらと較べれば、デュナンの黒人美女はむしろ清楚ですらある。

「デュナンは絵のモデルに、フランス女の代わりに黒人女を選んで、フランス女のようなしぐさをさせただけなのかもしれない」とぼくがつぶやくと、

「それはそれで厭な話ね。デュナンにとってはフランス女も黒人女も同じようなものだったたっていうんでしょう。ただ珍しいというだけで、異郷の女に同郷の女を模倣させるなんて、人類学者のような目で女を見ていたんだわ」とヒロコもつぶやいた。

いつしか、ぼくらのオリエンタリズム談義は煮詰まってしまった。そのとき、白ワインが運ばれてきた。まずはリラックスだ。

⁂

そう思ったのも束の間。相客が案内されてきた。予感がはずれてしまった。

現れたのは五〇がらみで、小柄だががっしりした体格の男だ。おとなしそうな女性を同伴している。互いに自己紹介すると、彼の名前はイヴ・トゥーテュで、美術やデザインの書籍を専門とする書店をパリで経営しているという。

めずらしい苗字だ。聞けば南仏モンペリエ近くの出だという。ヒロコは書物に関心はなさそうだが、そこは小さい店とはいえ、一国一城の主だ。笑顔をふりまいている。

ヒロコが気を利かせて相客に白ワインをつぐと、ようやく今夜の出会いが滑りだした。彼の書店は『二〇世紀とその源流』という名で、ぼくの店があった近くのパリ三区にあるという。間口も二間だそうだ。一等食堂で出会う人たちは、みんな羽振りがいい。

森谷広子とぼくの仕事を少しばかり話すと、三門次朗さんの噂《うわさ》は聞いたことがありますという。のみならずデュナンの『アフリカの女』をもっていた人ですよねという。どうやらあれを買ってくれた画商とは親しいらしい。売値まで知っているような口ぶりだ。それはともかく、トゥーテュ氏もあの絵を褒め、同伴の女性まで「同感よ」などといいだした。

どうも今夜は、デュナンの絵の話に終始しそうだ。ヒロコが仲間はずれにされていると感じないといいなと思いつつも、美術史の知識がある人が見ると、あの絵のどこに価値があるのかを知りたいという欲求をおさえきれず、ぼくは事情通の書店主に「あの絵の魅力は東洋的な色調でしょうか？」と質問をしてしまった。

「能衣装のように渋くて、それでいて光沢のある色もすてきですが、それ以上に、アール・デコの画家らしく、画面から余計な要素を省いているところも、フランス社会では好まれる点です」と説明してくれた。

学者肌の人らしく、文章の主語が〃私〃ではなく、〃フランス社会〃と集合名詞であるところが厳密だ。でも、大学の授業のようで肩が凝る。

「わたしのことをジローと呼んでください、わたしもあなたをイヴと呼びますから」と提案すると、「ありがとう。では、お伺いしますが、ジローさんはどうしてあの絵に大金を投じたのですか？」と訊いてきた。いきなり直球勝負だ。

「ぼくがあれを買ったのは、デュナンのアフリカ女を見る目には救いがあるように感じたからです。彼もオリエンタリズムの風潮に乗っていましたが、でも彼はアフリカ女を娼婦あつかいしませんでした。彼女らを支配する気がなかったんだと思います。女に後ろを向かせているように、彼女に蠱惑《こわく》的な表情をさせるのがはばかられたのではないでしょうか。そこに好感がもてたんです。彼と描かれた女との関係は対等で、あたかも画家とモデルのように見えました」

といういと、イヴはこんなことを話しはじめた。

「そうですかね⁉︎　わたしの店に来る日本のお客さんは、オリエンタリズムについて話し込むと異郷への憬れを口にします。ジローさんもオリエンタリズムを、美化していませんか？」

「どういう意味でしょう、日本人はオリエンタリズムをロマンチックに考えすぎるということですか？」

「そうですね。こちらがオリエントの人に優しく接すれば、相手も優しさで返してくると日本人は信じているようです。でも実際には、両者の関係はもっと苛烈なものですよ。現に一八三〇年にフランスが海外県にしたアルジェリアでは、フランスのおかげで産業が発展したのにもかかわらず、いまだに独立闘争がくすぶっています」


こうなってくると、社交辞令で「そうですね」といってやり過ごすわけにはいかない。どう切り返すべきか迷っていると、思いがけずヒロコが参戦してきた。

「西洋人だって、昔は東方美術に興味津々だったではありませんか。アール・ヌーヴォーのくねるようなかたちに、イスラムのガラス瓶が源流として使われています。その事実はご承知ですよね。長年その芸術の恩恵にあずかっていながら、それなのにフランスの支配があったから、オリエントの産業が発展してきたなんていうのは、恩知らず、東方を見下していませんか?」

ヒロコの迫力に気圧《けお》されたのか、書店の美術史家は黙ってしまった。そこに、われわれのブイヤーベースと、彼らが注文した仔羊のソテーが運ばれてきた。赤ワインを一本追加して、しばし休戦ということになる。

しばらく女性たちの話題は、これから行くニューヨークのファッションに終始した。最近はシュルレアリスムが人気沸騰で、『ハーパース・バザー』のような服飾雑誌にも、エルザ・スキャパレッツリの青い蛾のついた衣装が載っていたけど、あんな奇抜な服でいけるパーティーなんてあるんだろうか、あるなら行ってみたい、などという話で盛りあがっている。

ところがそうこうしているうちに、イヴが戦意恢復したらしい。こう切りだしてきた。こんどはもの静かな口調で……。

「ジローさんが好きなオリエンタリズムって、どんなものでしょう。デュナンの女性像にそれが見られるとしたら、どんなところですか?」

学者の婉曲さは、どうもまだるっこしい。もっと単刀直入な訊き方ができないのか。

「日本も韓国を併合したように、外国を植民地化してきました。でも芸術にかんしては、かならずしも東洋のそれを日本に同化させようと目論んできたわけではありません。むしろ逆に、東洋芸術の輸入で日本芸術の国粋化に歯止めをかけようとしてきました。それと同じ目的をデュナンのオリエンタリズムにも感じたんです」などと、ちょっと的外れな返答をしていると、イヴはこんな事実をもちだしてきた。

彼の話によると、実はあの絵には姉妹作があって、それにはあの黒人美女の鏡に映った顔が描かれているのだという。しかもその顔は、あろうことかフランス娘を想わせるというのだ。そんな作品情報まで握っているなんて、さすがにパリで美術書店を開いているだけのことはある！

いやいや、感心している場合ではない。イヴはそれについてこんな風に批評した。

「デュナンがアフリカ女にたいして、あからさまな支配的視線を投げかけていなかったことは認めます。しかし彼は黒人女性の顔をフランス風に変えてしまうことで、異郷人の心に巣くっている内なる西洋従属を暴露してしまいました」

そしてつづけて、こうもいった。「デュナンのオリエンタリズムは、ブルジョワが通常いだくそれよりも深化している。もっとたちが悪いといってもいい。彼はブルジョワの欲望に媚びようとしているアフリカ女性を描いてしまったのです」

これがイヴの話の大筋だった。そして最後にこんな言葉で締めくくった。

「だからデュナンのアフリカ女にシンパシーを感じるなんて、人がいいにもほどがあります。

日本人は西洋人が描く異郷の美術にたいして、包容力がありすぎです。それは、国際政治にうとい日本人の感傷主義でしょう。わたしは『アフリカの女』の姉妹作の写真をもっています。こんど送って差し上げます」とダメを押すのだった。

イヴの批評を聞いてからというもの、ぼくの頭は混乱に陥っている。

第一の混乱は、デュナンはほんとうにそんなに手の込んだ、高等戦術のようなオリエンタリズムを考えているのだろうかという疑問である。

そういう政治的な思惑をもってオリエントを見ることが、王権や教会との闘いに勝ち抜いてきた市民階級の十八番《おはこ》であり、デュナンはそれを絵画の分野で実践したにすぎないのかもしれないが……。

第二の混乱は、装飾の変化である。デュナンとジャニオは毛色のちがいはあっても、どちらもブルジョワの欲望を可視化するために、異郷の営みをフランス美術に組み込んできた、とぼくは思っている。そしてそれができる機能こそ、装飾の真骨頂だと信じている。

でも『アフリカの女』の姉妹作の話がほんとうだとすれば、デュナンの絵は従来の装飾にとどまっていない。彼の絵は、アフリカ人の欲望も可視化しているということになる。

そこまで装飾の概念を拡げてしまってもいいのだろうか？　これまでぼくは、装飾とは造形物ではなく思想なのだといって、世間に一石を投じようとしてきた。それだけでも大仕事なのに……。さらにそれを進めて、装飾には他人にたいしてこちらがいだくイメージを、レッテル貼りする機能があるという話になってしまった。突き詰めれば、装飾とは他者を操る装置でもあるということなのか。

デュナンはわれしらず装飾の拡張に踏み込んでしまったのだろうか。いまのところイヴの批評だけがその根拠なので、まだ確信はもてないが……。

ヒロコも混乱したような表情を浮かべている。イヴたちと別れた後、ヒロコに訊いてみた。

「今夜ぼくたちは団結して異郷絵画の魅力を訴えたけど、イヴに粉砕されてしまったね。オリエンタリズムって、底なし沼のようだね？」

「もう、そのオリエンタリズムっていう言葉、聞きたくない!! なんか人種差別されているようで、厭だ」というのが答えだった。

ここにきて、ブルジョワの深刻な負の側面が見えてきたように思う。そろそろぼくのブルジョワにたいする気持ちは、旗幟《きし》を鮮明にすべきところにまできてしまったらしい。さて、どうするか。

ヒロコが「今日は疲れた。もう休みたい」というので、ぼくは彼女を部屋まで送っていった。

⁂

ここからは後日談になる。一ヶ月も過ぎたころ、ニューヨークのぼくの逗留先に、イヴから写真が送られてきた。

それを見てぼくは言葉が出なかった。たしかに鏡に映った若い黒人の顔は、フランス娘のようだったのだ。題名は、『鏡を見る女』だった。アフリカ美女は心のうちでは、ほんとうにフランス人になびいているのだろうか。

四日目

ルイ・ヴォーグ『オルセー門の裏側』、1925年
アール・デコ博覧会

四日目

回想のアール・デコ博

――九月二一日

女性の擡頭《たいとう》

これまでの三日間、船内を歩き回りながら絵や彫刻を見つけては、ヒロコと対話をかさねてきた。乗船前日までは、借りていた店舗の契約解除や、残品処分で忙殺されていたから、たとえ意見が食いちがっても、それでも彼女との芸術をめぐる対話には心が癒される。

そんなとき彼女の言葉のはしばしにうかぶのは、二五年のアール・デコ博覧会を懐かしむ感情だった。そのころの自分はまだ駆け出しだったから、同業者からいじめられることもあったなどと、ヒロコはおとといの夜に話していた。そんな時分に見た博覧会だけに、思い入れがつよいのだろう。

しかし彼女の話がそこに戻りがちなのは、かならずしも懐旧の念だけではなさそうだ。あれから一二年が経ち、アール・デコが変化してしまったので、ヒロコは原点を忘れまいとしているらしい。

でもアール・デコの原点って、いったいなんだったんだろう。それもヒロコにとっての原点とは?

それがこの船に設置されている絵や彫刻でないことは確かだろう。それらは一二年前とさまがわりしているのだから。たとえば絵でいえば、かつてはタマラ・ド・レンピッカの風俗画が、二〇年代のパリを謳歌していた。ところがこの船では、ジャニオやデュナンの壁画が、異郷に向けられたブルジョワの欲望を主題にしている。

彫刻にしても、かつては掌《たなごころ》の置物のような人形彫刻が流行していた。ところがいまのパリでは、等身大かそれよりも大きな古代ギリシャの神像がはばをきかせている。この船でも、女神たちが一等客たちの絆として君臨している。

こうしたさまがわりを目の当たりにして、ヒロコは往時をどんな風に思いだしているのだろうか。そこのところを訊いてみたい。

ぼくにも推測できることが、ひとつある。それはヒロコが、博覧会場にあふれていた観客たちを懐かしんでいるらしいということだ。実際、あのときにはいろんなタイプの観客がいた。ブルジョワもいたけど、元貴族や、金持ちになりそこねた大衆もいた。そして多少余裕のあるプロレタリアさえもいた。ところがいまではアール・デコの顧客といえば、ブルジョワに集約された感がある。この船がいい例だ。

航海の初日にヒロコが、「一二年経って、アール・デコは蛹が蝶になるように変態したみたい」といっていたけど、ブルジョワ以外の人たちは、もうアール・デコへの興味を失ってしまったのだろうか。

それとも、これはぼくの独り合点だろうか。金持ちばかりを相手にしてきたから、ぼくには大衆の存在が目に入らないのかもしれない。ヒロコから、「お客さんをそんなに狭く考えていると、商売はむずかしいよ」とたしなめられてきたもんな。

ぼくの目に入らなかった大衆が、一二年前にもアール・デコの観客にいたし、いまでもいるのかもしれない。ヒロコにとってのアール・デコの原点、それは大衆があの博覧会を機会に自分たちなりの装飾を求めだしたことなのかもしれない。

ではその装飾とは、どんなものだったのか。そこのところを、ヒロコの言葉を通して探ってみたい。それがわかれば、ひるがえってブルジョワが装飾に求める本音も見えてくるのではないか。

以下は、ぼくが訊いた〝ヒロコが見たアール・デコ博覧会〟である。

ソニアの服地

「一九二五年の博覧会だけど、ヒロコはなにが印象に残っている？」

いまぼくらは、いつもの軽食堂《グリルルーム》で四日目の昼食をとっている。

「やぶからぼうに聞かれても困るけど、そうねえ、会場を歩く女性の服がおしゃれだったことかな」

「そういうんじゃなくて、パビリオンの建築や展示品で……」といいかけて気がついた。そうか、あの博覧会には「装い」という出品区分もあったんだ。

ヒロコの感性はやっぱり鋭い。女性ならではの視点だ。

それにあのころから、天下国家をどうするという男の関心事よりも、家庭内の家事全般を切り盛りする女たちの関心事に応えることが、博覧会の課題になりだした。政治・経済・産業よりも、住宅・家具・食器・公園・ファッションといった、女性の好みが発揮される領域がテーマに浮上したのがあの博覧会だったんじゃないか。


もう、ひと昔も前のことなので、ぼくの記憶も曖昧になっているが、あの博覧会はパリで一八五五年からほぼ一〇年ごとに開かれてきた万博の六回目だった。

その正式名称は、「現代の装飾芸術と工業芸術」国際博覧会（L'Exposition Internationale des Arts Décoratifs et Industriels Modernes）。長すぎる名前なので、絵葉書などではアール・デコラティフ博覧会と略称されていた。

会場はパリ右岸にあるグラン・パレから、セーヌ川を渡って左岸のアンヴァリッド（ナポレオンの霊廟）へと至る南北に縦長の一帯と、それに交差するセーヌ川の両河岸だった。鳥瞰図を見ると、会場はアレクサンドル三世橋を交点にして、十字架のような形をしていた。

博覧会の名前がややこしいのは、以前ならば一部門にすぎなかった「装飾芸術と工業芸術」がクローズアップされて、それがそのまま博覧会の開催趣旨になったからだった。フランス政府は先の大戦で落ち込んだ国威を、芸術領域でも立て直そうとしたわけだ。

その趣旨は博覧会の出品区分にはっきり示されていた。出品区分はⅠ『建築』、Ⅱ『家具』、Ⅲ『装い』、Ⅳ『劇場・街路・公園の芸術』、Ⅴ『教育』だけだった。Ⅴ『教育』を除けば、女性の意見がつよくなった領域ばかりじゃないか！

ヒロコがコンコルド門を入ったところで、ドゥジャンの裸婦像のそばに子連れの母親がいるのを見て新時代の到来を実感したといっていたけど、――それを見て涙したという彼女の事情は別としても――わかるような気がする。女性たちはあの博覧会を見物して、わたしにだってなにかやれることがあるかもしれない、と勇気づけられたのだ。

ぼくもついつい昔を思いだしてしまった。

話を戻してヒロコに訊いてみよう。「さっきいいかけていたおしゃれな服って、どんな服？」

「ソニア・ドローネーって聞いたことある？　男性はテキスタイルに関心ないでしょうけど、彼女のデザインした服地って、すっごくいいよ」

「名前は知ってるけど……」と曖昧にこたえはしたけど、ぼくは画家としてのソニア・ドローネーしか知らなかった。彼女が染色デザインもやっているらしいと気づいたのは、博覧会場にあるロベール・マレ＝ステヴァンスの彫刻を調べていたときだった。

「『キュビスムの木』という野外彫刻の設置場所がわかる写真を、知り合いから見せてもらったんだけどね、その写真ではなぜか彫刻の前で二人の女性がポーズを取っていた。彼女たちはギザギザ模様で、舞台衣装のような服を着ていた。それがソニアのデザインした服地だったらしい」

「彼女の布はプリント地なのよ。織り柄や刺繍文様とくらべて、染め柄は軽快に見える。それが幾何学文に合うんでしょうね」

「そういうものかな」とぼくがいうと、ヒロコはなにかに感づいたような顔をした。

「ジローは、わたしに喋らせようとしていない？　おとといの夜、博覧会場で泣いたなんて、いっちゃったからね。あなたらしい的外れな気の使い方だけど、でもいいわ。あの博覧会にはいろんな思い出があるから……」

「バレてしまったか。でもぼくは、きみの話に興味があるんだ。ソニアにはなにか思い出がない？」と訊いてみると、ヒロコはこんな話をしてくれた。

「以前、『プチ・パリゴ』という映画を観たことがあるわ。たしか、博覧会が開かれた次の年だった。題名は〝小さなパリっ子〟という意味らしいんだけど、そこにヴィオレッタ・ナピエルスカという女優が、ソニアのデザインした衣装をまとって踊るシーンがあったの。それを見て、ソニアのやりたい染色がわかってきた。彼女は、かつては形態や面に隷属していた色彩を、それらから解放したのよ。もはや色彩には、赤は太陽、緑は植物というようなイメージの再現という役割さえも課せられていない。色彩はそれ自体で、リズムや量塊をそなえているみたいだった。だからソニアの染色生地はどんなに色が派手でも、ピエロの衣装のようには見えないんだわ」

　そして返す刀で、ぼくに質問してきた。

「ジローは、ソニアの夫のロベール・ドローネーの絵には興味があるといってたよね。ロベールはキュビスム画家として有名だけど、ソニアも最初は画家だったのかしら？」

「そうだったはずだよ。なんかで読んだけど、ソニアは色彩論に開眼し、それを〝コントラスト・シミュルタネ（同時的対比）〟と名づけていた」

ヒロコは「なにそれ？」といった顔をしている。ぼくはドローネー夫妻にかんする記憶を総動員してみた。

「ギヨーム・アポリネールに、ロベールとソニアのキュビスム論があった。彼はふたりの仕事を『オルフィスム』と命名していた。これも難しい。その概念は世界大戦前にパリで前衛芸術を呼吸した人でないと理解できないだろう。

――これはぼくなりの解釈だけど、アポリネールは、キュビスムを二種類に分けて考えていたんじゃないかな。〝分析的キュビスム〟と〝本能的キュビスム〟だけどね」

「頭が痛くなりそうな予感がするけど、いちおう説明してみて」と、ヒロコは早くも身構えている。

「分析的キュビスムは、物のかたちを理詰めでとらえる。本能的キュビスムは、それを直感でとらえる。だから前者は画家にしかわからない理論的キュビスムで、後者は大衆向けの感覚的キュビスムということになるのかな」

「その二分法でいうと、ロベールとソニアのオルフィスムは、本能的キュビスムということになるの？」

「そういうことになるね。補足しとくと、本能的キュビスムは〝明晰さと芸術的信念に欠ける反面、色彩の豊かさがある〟とアポリネールは説明していたから、ソニアの仕事にはピッタリだったというわけだ」

「いま、キュビスムという言葉を何回いった？　ほんとに頭が痛くなりそう。でも、よくアポリネールはいい切ったね。彼らの仕事が本能的だなんて。ロベールは反論したんじゃないかしら。デザイナーのソニアにしてみれば、直感に秀でているという指摘は褒め言葉かもしれないけど。彼女がコルビュジエのような、頭でっかちの人でないことは確かだから」といいつつも、ヒロコはやっぱり腑に落ちないという顔をしている。

「そんな風にソニアのキュビスムをまとめられると、彼女の服地のわくわく感が消えてしまうけどね……。でもいいわ。彼女の布地は、世の女性たちに受け容れられたんだから。博覧会場内に、自分の店だって構えていた。場所は、セーヌ川の右岸と左岸を結ぶアレクサンドル三世橋の上だったのよ」

「橋の上の側道にあった商店街のこと？」

「そう、すごいでしょう。あそこは一等地だったんだよ。ルネ・エルブストやフランシス・ジュールダンといった大物の装飾芸術家だって、軒を連ねていたんだから。そこにソニアは食い込んだのよ！」

ヒロコの話では、ソニアの店の名は「ブティック・シミュルタネだったそうだ。自分で名づけた〝コントラスト・シミュルタネ〟の、そのまたもじりだったんだろうけど、大衆とは、今も昔もお経のような意味のわからない言葉をありがたがるものだ。

ソニアは女性である自分も、いっぱしのデザイナーであることを、世間に認めさせようとしていたのだろう。『プチ・パリゴ』の映像では、ナピエルスカの足許にジグザグ模様の布地が敷かれていたとヒロコがいっていた。空間演出の才能もあったのだろう。ソニアのブランドはもてはやされたにちがいない。

ちぐはぐな展示

ヒロコの横顔を見ると、彼女は一九二五年にタイムスリップしてしまったらしい。そこで、博覧会の思い出をもうひとつ訊いてみることにする。

「ヒロコはフランス美術省後援の『フランス大使館』というパビリオンを覚えてる？　実質的には政府館だったところだけど」

「わたしは、ああいうのがほんとうに嫌だったな。だって、年寄りが無い知恵絞って考えた展示なのが見え見えだったんだもん。老人臭が鼻についたよ」

「そこまでいうか⁉　たしかにあの展示は時代遅れだったけどね。そもそも博覧会自体、一九一五年に開かれる予定だったのが、世界大戦で延び延びになったんだ。だから政府後援の展示が旧態依然としていたのもしかたがない。展示を請け負ったのは装飾芸術家協会で、これの会員もその道の大家、つまり老人が多かった」

「だいたい、なに、あのフランス大使館というパビリオン名は。国家主義だよ！」

「あれもよく見ると『Une Ambassade Française』と表記されていてね、直訳すれば『と或るフランス大使館』という意味だったんだ。――定冠詞のLaを避け、不定冠詞のUneを選んだのは、架空の大使館というニュアンスをだして、この展示はいかにも政府館というようなお役所仕事じゃないんだ、担当したわれわれの理想を実現したものなんだぞと主張していたんだと思う。気になったんで博覧会の公式カタログで調べてみたけど、ほとんどのパビリオン名には冠詞が付いてないし、ごくまれに付いていても定冠詞だった」

しかし、ヒロコは負けていない。「それに館内の印象も、ちぐはぐだったよ。ロココ調のタピスリーや、ギリシャ風のレリーフが目立つ『大客室』があるかと思えば、反対にホワイトキューブで、エッフェル塔の絵と観葉植物が置いてあるだけの『玄関ホール』が同居しているんだもん」

さらに勢いづいて、「あれじゃ、よくいえばアリスが迷い込んだ不思議の国、はっきりいえば、長崎名物チャンポンみたいなもんだよ」

「女性はどっちの空間でも落ち着かないだろうね。大客室は懐古趣味だったし、玄関ホールはバウハウス由来の禁欲主義だったからね」とぼくが相槌を打つと、

「女性にもいろんな人がいるのは、わたしのようなしがない骨董屋にだってわかるわ。でも、たいていの女性は『大客室』のような儀礼の場に辟易しているのを、男性はどうしてわかってくれないの。正面に掛かっていたゴブラン織のようなタピスリーは今出来《いまでき》なんでしょうけど、最初は古美術かと思ったわ。五人のニンフ（妖精）らしき娘たちが、噴水の前で踊っている絵柄だったんだから」と、よどみない。

さらにつづけて、「そのタピスリーの前に、『フランス共和国』と題する女性の胸像が置いてあった。作者は、ロダンの助手をしたこともあるシャルル・デスピオだった。あれって、ジローがいってたマリアンヌじゃないかしら。楽園にニンフが踊る絵で自国の教養を暗示し、マリアンヌ像で第三共和政が安定期にある自国の政治状況を誇示するなんて、まさに〝フランス万歳！〟だね。男たちは大礼服で着飾って、馬車で宮廷に参内した時代の外交が忘れられないのよ」とたたみかけてくる。

さらに、「架空のフランス大使館の私邸部分にある『夫人の部屋』ならば、少しは女性の気持ちを酌んでくれるかと思って行ってみたんだけど、ここでもがっかり。女を軽く見ているん

じゃない？　だって、マリー・ローランサンの絵が壁に掛かっていたんだから。意志の弱そうな表情の女の絵だった。女性は好きな男を想うとき、あんなに呆けた顔をすると思っているのかしら。あんなセンスじゃ、あの部屋の設計者は女にもてないね」と一気呵成だ。

「古臭い展示といえば、ヒロコは家具や調度のことをいったんだと思うけど、フランス大使館の部屋づくりはどう感じた？　ぼくは戦前の市民階級の時代そのままだと思ったな。玄関、大客室、食堂、子供部屋を引き継ぐのは当然としても、ブドワール（夫人の秘かな小部屋）や音楽室、さらには喫煙室や体操室まであったのには驚かされたよ。あんな部屋は、一九二五年にもなって必要ないでしょう。過去の遺物だよ」

「それらだって様式という点では、旧体制時代の王侯貴族の館と較べて新しくなっていたんでしょうけどね。でも、そもそもブドワール、音楽室、喫煙室といった性格の部屋自体を、引きずらなくてもよさそうだとわたしも思ったわ」

「そうだね。その引きずり感は、三五年に就航したこの船にもあるよ。船内には超お金持ちになった一九世紀の市民階級が好んだ、ウインターガーデン（冬の庭）と称するサンルームまで継承されているんだから」

「ブルジョワの男たちって、金儲けや遊びには貪欲で過激でも、自邸での生活には案外と穏健なのよ。その点、女性たちのほうがよっぽど新趣向の生活を求めてきたわ！」

大衆のキュビスム

新しい女神

いやはや、ソニアの服地を褒《ほ》めるときと、政府館を攻撃するときのヒロコの口吻《こうふん》があんなにもちがうとは思わなかった。あの博覧会には複雑な思い出が残っているらしい。いちど火がついた勢いは止まらないらしく、話は本題に切り込んできた。

「ねえジロー、もっと単刀直入にいこうよ！　政府館のネーミングの話は目からウロコだったけど、でもそんな話をすると、わたしの店に来るお客は眠そうな顔をするの」

「ヒロコのいいたいことはわかるよ。そう怒らないで。要は、アール・デコのキュビスム装飾が世間を席巻すると、それで大衆の家庭や生活がどう変わったのかっていう話だよね」

「そう!!　お客にブルジョワも大衆もないわ。ジローこそ怒らないで聞いて欲しいんだけど、あなたは世のなかの大勢に順応した方がいいよ。あなたにはブルジョワしか目に入らないようだけど、それだと商売はむずかしいよ。もっといろんなお客さんの気持ちに寄り添わないと。芸術の移り変わりなんて、理屈で導けるもんじゃなくて、みんなが好き勝手に選り好みしているうちに生じてくるものなんだから」

「きみも、やぶからぼうだね！　だいたい、三日前にヒロコは、お父さんの骨董趣味を引き合いにだして、自分は大勢順応が嫌いだっていってたじゃない。そのくせ、ぼくにはそれを勧めるわけ？　矛盾してるよ」とぼくが言い返すと、

「言い過ぎたね、わたしったら。どうしてあんな言い方をしてしまったんだろう。あなたがわたしに気を使ってくれているのがわかっているのに。ごめんね」

「いいさ……」

「ねえ、こんな提案では謝罪にもならないけど、こうしてみない？　二五年の博覧会に並んでいたアール・デコを、大衆の視点で見てみようよ。そうしておかないと、ニューヨークに行ってからのあなたのことが心配！」とヒロコは謝っているんだか、話を変えようとしているんだかわからないことをいった。そしてつづけて、

「あなたはパリでどんな人たちと付き合っていたの？　ジローのように理詰めで分析的だと、お客さんは警戒したんじゃない。ブルジョワの連帯が羨ましいといっていたけど、あれはそこに溶け込めないがゆえにかえって募る憬れだったんじゃない。ニューヨークでうまくいくとい

いんだけどね……」などと、真顔で心配しはじめた。

ぼくとしてもヒロコの回想を聞きたいと心に決めていたので、「痛いところを突かれたよ。わかった、そうしよう」と応じることにした。


「ヒロコはなにに注目するのがいいと思う？　大衆の目でアール・デコを見るんだったら」

「それは、なんたってキュビスムがアール・デコに採り入れられた理由でしょう。あの幾何形態に世間はシビレたんだから。あと、用語だけど、角張った形や原色の造形を『キュビスム装飾』と呼んでもいいの？」とヒロコはいきなり核心を突いてきた。

「先に用語のほうだけど、使ってもいいんじゃないか。というより、使ってしまおうよ。キュビストたちは冷笑するかもしれないけど、キュビスム絵画やキュビスム彫刻という言葉はすでに使われているんだし。難解な理論をやさしく絵解きをするつもりで、あの造形をキュビスム装飾と呼んでしまうのもいいんじゃないか」

「じゃあ、はじめの疑問に戻るけど、どうして家具やコーヒーポットや花瓶が幾何形態に変わったの？」

「そこが不思議なところだね！　でも、正直いってぼくにはわからない。というよりも、幾何形態は結果であって、目的ではなかったんじゃないだろうか」

「そんなインテリぶったいい方はだめ。ジローは幾何形態で商売してきたんでしょ！」

「そういわれると、返す言葉もないけど……。キュビスムの絵画だけどね、ぼくはそれをこんな風に解釈してきたんだ。それは、ひとつの物体をいくつものちがった角度から撮影して、それらをフイルムの一コマに重ねてしまう多重露光写真のようなものだとね。多重露光だから、物体の輪郭線にはたくさんのズレが生じるけど、そのズレた箇所が、結果的に角張っていたり、ギザギザに見えることがあるんだと思う」

「多重露光の写真って、どんなもの？」

「たとえば、歩きながらネコを見て、目の網膜に映っては消えていくネコの姿をスケッチしたとするじゃない。最後にそれらをひとつに重ねてこれがネコだ！　というのが、ぼくの考える多重露光の写真だよ」と持論を展開した。

「自分が動いているから、ネコの姿が瞬間ごとに変わるというわけね」

「そう。要するに、刹那のかたちの集合物として物体を把握する方法だ。だから、ネコを描いても普通のネコの姿にはならない。場合によっては、ネコの輪郭線が、円、四角、三角、波形に変形されてしまうことだってあるだろう」

ヒロコは狐につままれたような顔をしている。やおら、意を決したように訊いてきた。

「キュビスム絵画の理論はそれでいいとして、その理論は、どうしてアール・デコの造形に翻訳されたの？　そしてその造形は、どうして大衆の心を鷲づかみにすることができたの？　わたし、ずっとそこに引っかかっていたの」

「そこも、ほんとのところ、ぼくはわかっていないんだけど、いったんキュビスム絵画が確立されると、こんどはアール・デコの芸術家が、家具やコーヒーポットや花瓶をキュビスム絵画のようにデフォルメしたら、どれほど面白かろうと思ったんじゃないか。それを試してみたいという欲望にかられたんだよ。そんな目の悦楽が、追求されたんだと思う」

「最初は絵画理論だったキュビスムだけど、それが次第に、目の悦楽という欲望のほうにシフトしていったということ？」

「そんな気がするね。画家のマティスはキュビスム絵画を見たとき、〝小さな立方体の塊だ〟と印象を語ったそうだ」

「そうだとすると、アール・デコのキュビスム装飾って、キュビスム理論のお手軽な借用って感じもするわね」

「かもね。でもヒロコとしては、そういう結論になってしまっては困るんだろう？」

「そうだよ。だったらキュビスム装飾が、博覧会の観客をとりこにした根本の理由を見つけてくれる？」

「それがこの話の肝《きも》かな！　これはぼくの妄想かもしれないけど、大衆には箱形家具や角張った銀器や装身具、ギザギザ模様の服が、新しい女神に見えたということじゃないだろうか。それらを家庭内に置き、身につければ、自分たちが流行に敏感で、しかもブルジョワのようにリッチな暮らしをしている人物だと他人が見てくれる、そういう期待があったんだよ」

「そこ⁉　ジローはこの船の平和の女神を、ブルジョワが連帯するために見つけた扇の要だといってたよね。だったら、キュビスム装飾は大衆が連帯するための扇の要だったということになるね」

「ちょっと違うな。だって、ブルジョワは集団維持のために連帯を必要としていたけど、大衆は連帯なんて望んだろうか？　気質としては、両者は通じ合っていたと思う。けれどもアール・デコの享受にかんしては、大衆は連帯を求めていなかったからね」

「だったらどうして、ジローはキュビスム装飾が、大衆にとっての新しい女神だったと思ったの？」

「大衆は数は多くても羊の群れだからね。連帯はしない。しかし大衆、そして女性は社会進出を望んでいた。キュビスム装飾という女神は、彼ら彼女らのそんな願いを叶えるために降臨した新しい女神だったんだよ」

⁂

「ジローの洞察は、いつもおもしろいわ。けれども、いささか思想や理念にはしりすぎるような気もする。キュビスム装飾が博覧会でひっぱり凧になったことには、もっと功利的な理由もあったんじゃないかしら？　大衆が崇めたという理由だけでは、説明がつかないようにも思えるんだけど……」

「実は、もうひとつ理由があったような気もする。それは装飾品の製造業者と、その販売業者たちの商魂だよ。彼らは商品に斬新な外観を必要としていた。博覧会場でも、百貨店のパビリオンそれ自体が幾何形態を競っていたようにね。来場者は、会場でまっ先に目に飛び込んでくる、見たこともないそれらのかたちに引きつけられたはずだ」

「そうそう。プリマヴェーラ百貨店館の屋根は、お茶碗を伏せたようなかっこうだったわね。それが面白くてわたしもなかに入ったんだけど、逆三角形の椅子があったわ」

「ただね、この話を詰めていくと、企業側の商品戦略が人の消費行動を支配するというところに向かいかねないので、ぼくはあまり乗り気になれない。それよりも装飾品の製造・販売業者たちの商品戦略にとっても、やっぱり新しい旗印が不可欠だったというほうに目を向けたい。人間は自分の所業を根拠づけるために、自分がこれまでやってきたことや、いまやろうとしていることを認めてくれる神様を発明するものなんだ」

「たしかにジローは、ブルジョワが自己都合で古代ギリシャの女神たちを召喚したと強調していたね。ということは、あの博覧会はフランス社会を、ブルジョワと大衆に二分化するきっかけをもたらしたと考えてもいいのかしら？　大衆は、キュビスム装飾を自分たち専用の女神として崇めだしたということね」とヒロコが整理してくれた。

「いまから回顧すると、そう思えるね。装飾の一九二〇〜三〇年代は、キュビスム神とギリシャ神の共同統治時代だったんだ。ヒロコはこの先どうなっていくと思う？　ギリシャ神が独走するのか、キュビスム神が巻き返すのか」

「ギリシャの女神も嫌いじゃないけど、でも彼女たちによって連帯を強いられるのも、息苦しいな。やっぱりキュビスムの女神がいいかな。あの女神に、女性がもっと自由に活躍できる時代を切り開いてもらいたい」

「ヒロコはぼくがブルジョワよりも、大衆の声に耳を傾けたほうがいいっていうんでしょう？」

「わたしも、けっこうブルジョワが好きだけどね」

「勝手なこといってるよ。あの人たちもゼウスと同じで、女性には貪婪なんだぞ。まさかあんな爺さんたちと付き合っていないよな？」

「やめてよ！」

野外置物《、、》

「さて、いよいよだけど、ヒロコの印象に残ったキュビスム装飾のベストスリーを発表してくれる？」

「じゃあ、まずベストスリーの第三位ね。さっきジローが話していた『キュビスムの木』が、わたしは好きだったな。だって、木が主題の彫刻なんて聞いたことがないし、しかも四角い爪を組み合わせたようなあの恰好。一般のお客はあっけにとられていたわ」

「ぼくの印象をいってもいいかな？」

「お手柔らかにね」

「では思い切っていうとね、あれは彫刻じゃない、置物だった」

「またまた、日本男子ジローの面目躍如ね」

「そう揶揄されそうでいいよどんでいたんだけど、あれには日本の置物の血が流れていると考えると、ストンと胸に落ちる」

「でもどうして？　あれを設計したのはマレ＝ステヴァンスで、つくったのはジャンとジョエルのマーテル兄弟でしょう。フランスの建築家と彫刻家だよ！　しかもあれが設置されていたのは、博覧会場をアレクサンドル三世橋からアンヴァリッドまでまっすぐに貫く広い遊歩道、つまり目抜き通り沿いの広場だったわ。そんな場所に、極東の工芸品を置くかな。しかも四つも！　それにあの木はセメント製で、高さが四メートル近くもあったんだから」とヒロコが畳みかけてくる。

「ぼくも場違いな話だとは思うけどね。でもパリではその昔、それこそマリアンヌが登場した第三共和政の初期にジャポニスムが流行ったでしょう。日本の浮世絵、置物、工芸品が蒐集され、それらはフランスの絵画にも描き込まれている。さっきヒロコがいっていた富裕層の迷宮趣味だよ。ところが、ぼくはあるとき気がついたんだ。日本の絵ならばいくらでも例があるのに、置物がフランスで模倣された例は、一九世紀にはなかったってことを!!」

「知り合いの店で、文様に北斎漫画を使ったセルヴィス・ルソーという食器一式を置いていたけど……。クリストッフルも日本趣味の花鳥文で銀器を飾っていたわ」

「たしかに。でもそれって、しょせん文様の話でしょう？　それにね、一八八〇年代にフランス人が喜んだ日本の置物なんて、母国では浜物と呼んで馬鹿にされていたんだから。要するに、日本がフランス向けにジャポニスムを演出していたんだよ」

「そうか、フランスの職人たちは、苦労して細工技術を身につけなくても、日本人がすべてやってくれるから胡坐《あぐら》をかいていたということね」

「ところがアール・デコの時代になると、マーテル兄弟はキュビスム装飾を土台にして、日本の置物のような小さな彫刻をつくりだしている。それは同時多発的な現象だったらしい。ラリックも、トンボやカエルをキュビスム装飾にアレンジしてカーマスコットにしている。ヒロコも見たことあるよね？」

「ジャポニスムで移植された置物の種子が、アール・デコのキュビスム装飾で開花したというのが、ジロー先生のご説なんだ」

「そうだね。それでマレ＝ステヴァンスやマーテル兄弟が置物をよみがえらせるのに、半世紀も待たなければならなかったんだ。大衆が崇めたキュビスム装飾という神が、日本の置物を西洋に移植させたなんて、想像するだけでもわくわくしない？」

「だったら大衆の勝利じゃない！　たしかにそう考えないと、木が彫刻になるはずないわね。それにしても、広場に置かれたコンクリートの木を見てパリの大衆は驚いていたわ。あれじゃあ置物どころか庭の植木だもんね。あの彫刻の前で、さて水を遣《や》るべきかどうかと首を捻っている庭師を描いたイラストを、わたし見たことがあるわ」

「つぎに、第二位はなに？」

「それなんだけど、変なものを覚えているといわれそうで怖いんだけど、二位は『蒐集家館』というパビリオンの屋根なのよ。博覧会はにわかのお祭り騒ぎだったから、どの建物も奇抜さを競っていたけど、あの屋根はひときわ変わっていたわ」

「建物の二階と三階に、四段の階段状屋根がかぶさっていたね。というより、建物を巨大な階段が覆っていたといったほうがわかりやすそうだ。あれで屋根のかたちが円形なら、特大の鏡餅といったところだった」

「蒐集家館の設計者って、誰だっけ？」

「この船の一等食堂と同じピエール・パトゥだよ」

「どうして、あんな屋根を思いついたのかしら？」

「ぼくも不思議に思って調べたことがある。そうしたら、あの屋根の発想源はなんとマヤ文明の階段状ピラミッドなんだって。ドイツの研究者がその有力候補として、メキシコのユカタン半島で発見されたマヤのピラミッドを挙げているそうだ。[5] 写真を見較べれば、両者の類似は誰の目にも明らかだ」

「なんだ、あっけなかったけど、これで疑問氷解だわ。——あれっ、でもなんか変ね。だってそうじゃない。話があべこべになっている」と、ヒロコはなにかに気づいたようだ。

「どういうこと？」

「キュビスム理論をあてはめた結果、コーヒーポットが角形になるというのはわかるわ。でもあの屋根は、角形にデフォルメされたんじゃなくて、角形のピラミッドをもってきただけなんでしょう。だったらキュビスム理論は関係ないじゃない！」

「きみがいいたいのは、あの屋根はキュビスム装飾の流行に便乗しているだけだっていうこと？」

「そうね。お手軽な幾何形態の借用でしかないわ。キュビスム装飾の大安売りといったところかな」

「そういえばそうだ。でもぼくは思うんだけど、アール・デコ博に動員された建築家や美術家からすると、一九世紀のアール・ヌーヴォーに引導をわたすには、キュビスム装飾でもマヤのピラミッドでも、利用できるものなら、なんでも使ってやろうという気持ちだったんじゃないかな」

「ジロー、もしかしてあなたは、わたしが共感した大衆向けの芸術なんてその程度だよって馬鹿にしているんじゃない!!」

「めっそうもない！　それよりもキュビスム装飾という新しい女神が、ついには流行として消費されていったことに一抹の寂しさを感じただけだよ。実際、階段屋根は映画館のような大衆娯楽施設に広まっていったしね」

流行生活

「いよいよ、輝く第一位だ。それはなんだったの？」

「こんなことをいったら、あなたにどう思われるかと心配なんだけど、わたしの第一位はオルセー門だったのよ。博覧会場には、キュビスム装飾まるだしの宣伝媒体が、あちこちにあったでしょう。告知ポスターにはじまって、解説イラスト、瓶のラベル、角砂糖の包装紙などなど。それらのなかでも、ダントツにかっこよく見えたのが、オルセー門に吊されていた広告幕だったわけ」

「きみもミーハーだなあ!?」

「やっぱり、そう思われるよね。でもあれを見たとき、近未来の豊かな生活がやって来たような気がして心がはずんでしまったの。わたしの気持ちを正直に吐露すると、そんなところかな」

「あの巨大な広告幕、ぼくもちらっと見たけど、そんなにインパクトがあった?」

「いくら大衆文化や消費文化が好きなわたしでも、街角の広告塔や地下鉄の通路に貼られているポスターやチラシのような俗っぽいものまで、キュビスム装飾の例としてもちだすことには抵抗感があるわ。でもね、あれは別格だったの」

「どうして、そんなに忘れがたいの?」

「オルセー門って、高さが優に一〇メートルは超えていたでしょう。そこに、幾何形態にデフォルメされた流行のワンピースやハイヒール、そしてお定まりのギザギザ模様が大きく描かれていたの。まるでモード雑誌から切り抜かれた写真のコラージュが、思いっきり拡大されているようだったわ」

「そこまで気がつかなかったな。見逃したわけじゃないけど、記憶にないよ」とぼくが正直に話すと、ヒロコは一気に説明しだした。

彼女の話を短くまとめると、こういうことだった。博覧会が新商品の見本市だということはわかっているつもりでも、その門の裏側で百貨店の垂れ幕よろしく、流行商品が宣伝されているのには驚かされた。デザイナーは、右下のサインによればルイ・ヴォーグという人だった。目を凝らすと、広告幕には商品の絵と一緒に〝彫刻、モード、本、鍛鉄、陶磁器、建築〟などの文字も書き込まれていた。してみると、あの広告幕は第一印象ほどには宣伝臭のつよいものではなく、消費文化の楽天地と化しつつある博覧会に大衆を誘う、内容目録のような役割を果たしていたともいえるだろう、というのである。

そしてつづけてヒロコは、「あの広告幕を見たとき、わたしはワンピースやハイヒールの絵がイラストであることに気がつかなかった。どうしてかな。いま思い返すと、もしあれが写真で、実物を拡大したものだったら気持ち悪かったろうなと思う。ジローもそう思わない？」と訊いてきた。

「物は実物以上に拡大されると、他人の顔をアップで見るようなもんで、気持ち悪いからね。それを避けるために、物のかたちからディテールをそぎ落とすと、簡素な幾何形態に行き着くということなんじゃないかな」

「ジローはなんでも深読みするね……。でも、もしそうだとしたら、アール・デコが幾何形態を建物や宣伝物に応用したのは、かならずしも時流のなせるわざだったというわけではなく、最近のように建物やポスターが巨大化すると、必然的にそうならざるをえなかったということかもしれないね」

「そうだね、これから行くニューヨークの高層ビル群が、照明や階段の手摺り、はてはライトアップ用の照明器具まで、なんでもかんでも幾何形態に変形されているのは、その巨大さからいって、必然的帰結なのかもしれない。だったらニューヨークっ子たちは、ぼくが売り込もうとしているキュビスム家具を、すんなりと受け容れてくれるといいんだけどね。ぼくもヒロコの大衆傾倒に一票入れるよ。女性や大衆の擡頭という情勢は、ぼくにとって追い風になるかもしれないいな！」

「そう。だったらジローもあの博覧会を大衆の視点で思いだしてよ。なにか記憶に残っているでしょう？」

ヒロコは、あなたにだってミーハーな思い出があるんじゃないの、といいたげな顔をしている。

「しいていえば、博覧会告知のポスターだね。ほとんどの人は、工場の煙突が黒い煙を噴き上げている、いかにも工場生産の時代が到来したことを想わせるポスターが印象深かったというけど、ぼくは別のポスターが目に焼き付いている。というよりも、好きだった」

「ポスターにはいくつかバージョンがあったけど、どれかな。まさか老境のブールデルがデザインした茶褐色のポスターじゃないよね」

「ぼくのお気に入りは、ギリシャ神話にでてくるアルテミスのような若い女性が、花籃を肩に乗せて野原を駆けている赤いポスターだよ。併走している鹿もかわいらしかった」

「デザイナーはロベール・ボンフィスだったよね」

「アルテミスっていうのは、ゼウスとレトの子でね、双子の兄弟はアポロンだった。彼女は短い貫頭衣《トゥニカ》をまとい、山や森を駆けめぐり狩りを楽しんだといわれている。気性は激しく、彼女を侮辱するものは命を落とした。それでいて、不正義を許さない慈愛に満ちた女神でもあったそうだ」

「ジローは、とことんギリシャの女神が好きなんだね」

「でも、ぼくがあのポスターに引かれたのは、若い女性の衣装から、彼女の足もとの叢《くさむら》まで、森羅万象がキュビスム装飾で描かれていたからだよ。あれほど上手にキュビスム絵画がグラフィックデザインに翻訳されていれば、誰も文句をつけないでしょう。ドローネーの絵には高くて手が出ない大衆だって、あれなら気軽に買って新時代を実感したにちがいないと思ったんだよ」

「あなたも大衆の気持ちを忖度していたんだ。ボンフィスのデザインは、博覧会公式カタログの表紙にも使われていたしね。世間の紳士たちが、野原を駆けるアルテミスを見ながら自宅でカルバドスを飲んでいる姿が目に浮かぶわ」

「ぼくもあれを買って帰ったよ！」

絵画までもが

キュビスム装飾についての思い出をひとしきり披露してくれたあと、ヒロコはこんなことをいいだした。

「架空のフランス大使館の殺風景な玄関ホールに、ロベール・ドローネーのエッフェル塔の絵が掛けてあったでしょう。わたしはあれも好きだったな。難解なキュビスム絵画が大衆のほうに近づいてきてくれた感じがしたのよ」

「あの絵は撤去されたんだよ。ヒロコも知ってるだろうけど。博覧会がはじまってすぐのことだった」

「誰かに聞いたわ」

「エッフェル塔の横に、裸婦が描いてあったでしょう、あれが物議をかもしたんだ。題名も『パリの街——女と塔』だったしね。品位に欠けると批判されたらしい」

「そこまで下品だったかな？」

「女性の裸がヴィーナスのように理想化されていなかったからね。はっきりいえば街の娼婦のようだった。博覧会副委員長だったポール・レオンという人が絵を撤去させたんだけど、彼の目には政府後援のパビリオンにはふさわしくないと映ったんだろう。なにしろレオンは、歴史的建造物の研究と保護活動でコレージュ・ド・フランス（国立の特別高等教育機関）の教授に選ばれ、さらにはフランス学士院会員にまで登り詰めた学者だったからね。ゴリゴリの守旧派なんだ」

「裸婦はともかく、エッフェル塔もダメだったの？」

「そんなわけないよな。建設工事中はさんざん悪口をいわれていたけど、その後は認知されたんだから」

「なに、なに、どんな悪口？」とヒロコが急に元気になってきた。

「工事中止を訴える抗議文を、新聞で読んだことがある。パリの都市全体に〝インクの染みのように、ボルトで締められた鋼鉄の醜い柱の醜い影が伸び広がるのをわれわれは目にするだろう〟(6)なんていわれてたよ」

「文学的な悪口だね」

「抗議文の署名者は五〇人ちかくの芸術家で、そのなかにはモーパッサンもいたからね。ところでヒロコも気づいたろうけど、あの絵にはエッフェル塔のほかにも、マドレーヌ寺院やコンコルド広場のオベリスクも描き込まれていたでしょう。あの絵は、パリの名所案内を兼ねていたような気がする。上京してくるお上《のぼ》りさんにパリをガイドしていたのかもしれないね」とぼくがいうと、キュビスムは難解な芸術だと天から思い込んでいるヒロコは、「まさか！　あのロベール・ドローネーがそんなことをする？」と反駁してきた。

「ひとつ考えられるのは、ロベールは玄関ホールを設計したマレ＝ステヴァンスから頼まれたかもしれないということだ。〝最近あなたは絵に街を描き込んでいるけど、今回はパリの旧跡を一篇の詩歌のように描いてくれない？〟ってね」

「だったらすごいね。ロベールはキュビスム絵画を、わたしにもわかるように噛み砕いてくれたんだから！　さっきジローはアポリネールの説を引いて、ドローネー夫妻の芸術は大衆向けのキュビスムだといっていたよね。あの話の意味がようやくわかったわ」


「それにしても、ジローの理詰めな妄想（これは語義矛盾かな？）は、止まるところをしらないね。ドローネーのあの絵がパリ案内かもしれないなんて、学者だったらとても口にできないようなことを平気でいうんだから。あなたってどういう人。好奇心を刺激してくれるから、一緒にいて楽しいけど。行く末が心配だな。ニューヨークに着いたらパリにとんぼ返りしないで、しばらくあなたの仕事の手伝いでもしましょうか？」

「なにをいいだすのかと思ったら……。二、三日すれば、ジローのせいでわたしも物事をややこしく考える癖がついてしまったなんて、文句をいいだすくせに」

どこまで本気かわからないような話をしていたヒロコだったけど、急に真顔になって、「絵が撤去されたのはスキャンダラスな理由でだけ?」と訊いてきた。

「もしかしたら、観客のブルジョワがあの裸婦を見て警戒したのかもしれない。逞しそうな彼女を見て、彼らはそこに大衆や女性の擡頭を読み取ったのかな。でもあの絵を撤去したからといって、時流を押しとどめられるものでもない。坊主憎けりゃ袈裟まで憎い、のたぐいだ。あの裸婦は人身御供にされたのかもね」

家庭内の小悪魔

花形だけど主役ではない

軽食堂の窓に目をやると、外は薄暮だった。陽は沈んでいるのにまだ明るさが残っている。ぼくはこういう夕暮れどきが好きだ。

「なにか食前酒でも飲もうか?」とヒロコに声を掛けると、「のども渇いたしね」と返ってきた。ヒロコにはずいぶん喋らせてしまった。そこで、テーブル席から奥にあるバーに移動し、キールを二つ頼んだ。

ヒロコの博覧会回想を聞いてぼくの心に残ったのは、ちょっとリッチなサイレント・マジョリティ、ありていにいえば家具や食器を買い換える余裕のある女性やその夫たちが、二〇年代のアール・デコを活性化させていたということだった。

あのころからすでに、彼らのアール・デコにたいする発言権が有力だったこと、そしてすくなくともヒロコがそう感じていたことがわかった。ヒロコが女性の視点で強調してくれたことで、あの博覧会の開催意義が大衆の登場にあったのだと思えてきた。

ただ、気になることもある。仮にそうだとしても、当事者である大衆にとってその発言権が増したことは、ほんとうに彼らに利益をもたらしたのだろうかという疑問だ。

タピスリー、家具、銀食器、ガラス花瓶、これら贅沢品の製造会社——それらをひとまとめにして奢侈《しゃし》工業と呼んでおくが、奢侈工業の製造品にたいして大衆が要望をいえるようになったのはいいことだ。

しかし、その要望は自発的なものだったのか。それとも購買欲が刺激された結果の、操作された欲望だったのか。

購買力をつけた大衆は、奢侈工業の経営者から消費者として遇されるようになった。これは彼らにとって、喜ぶべきことだったのかどうか。この言葉には、商品開発の主導権を握っている発注者という意味と、そう思わされて購買欲を掻き立てられている裸の王様という二つの意味がある。

奢侈工業の経営者となった戦後のブルジョワが、大衆あらため消費者と呼ばれるようになった群衆に、いかにして購買欲をうながすべきかと、智略をめぐらせていたであろうことは想像にあまりある。資本主義にはそんな宿命があるだろう。そういう宿命を、アール・デコの作り手にも買い手にも自覚させたこと、それがあの博覧会の最大の開催意義だったのかもしれない。

たとえばラリック社の大変身、あれがいい例だ。

⁂

「この船の一等食堂には、ラリックのガラス照明がふんだんに使われているけど、ヒロコはあれをどう思った?」

「それがね、わたしもラリックの照明のことは聞いていたんだけど、なぜか印象に残らなかったの。目にはいったのは、平和の女神や大壁画だったわ」

「ぼくもそうなんだ。一等食堂には、二つの大シャンデリア、三八箇の壁灯、そのうえ高さ三メートル、重さ一トンもある一二基のフロアランプもあった。さらに、すべての食卓にはテーブルランプがあって、それらもラリック社製なんだけども、なぜか印象がうすいね」

おとといの夜もそうだった。平和の女神の足許でラ・マルセイエーズを放歌高吟していた連中も、自分たちを照らしだしているラリックの照明には、まるで無頓着だった。酷ないいかたにはなるが、ラリックのガラス照明は一等食堂の花形ではあったが、主役ではなかったのだ。

ぼくがはじめてパリに来たとき、——それは一九一三年だったが、そのころラリックはすでに伝説上の人物だった。一九世紀末にとんぼの装身具をつくって一世を風靡したときの名声が、語り草として残っていた。

一九世紀末、ラリックのジュエリーは富裕層といえども手の届かないものだった。値段が高かったからではない。とんぼの胸元飾りは、サラ・ベルナールが舞台の上で身につけるものであって、パーティーで、そんじょそこらの企業経営者の令夫人が身につけるものではなかったのだ。

ところが三〇数年の年月を経て、いま、彼の照明はタキシードとイヴニングドレスに身をつつんだ上流階級の引き立て役に甘んじている。かつての彼ならば、こんな役どころには黙ってはいなかったことだろう。

結局、ラリックのジュエリーは王侯貴族の時代が去るとともに、その居場所を失っていった。彼はみずからの作品を、紳士淑女の家庭用品に変え、みずからの立ち位置も芸術家から企業家へと変えてきたということになる。その変身が成功したことを、アール・デコ博に参加したラリックのパビリオンが物語っていた。

「ヒロコは博覧会のとき、ラリック館に行った?」

「もちろんよ。あなたはわたしの商売がなんだかすぐ忘れるんだから! あの建物はコルビュジエやマレ＝ステヴァンスの家を小さくしたようなかっこうをしてたわね」

ヒロコはガラスの話になると威勢がいい。そしてつづけて、

「でも、なかに入ってがっかりしたな。食事室と称する部屋にガラスのテーブルセットが並んでいたけど、アール・ヌーヴォーのガラスと較べると、こざっぱりしているというのかしら、いっちゃ悪いけど、ちょっとリッチな大衆の家庭にぴったりという感じがしたな」とダメを押した。

「結局ヒロコは大衆の味方なの、それとも敵なの? きのう、きみはぼくに訊いたよね。ブルジョワが好きなのか嫌いなのかって。同じことをきみにも訊いてみたい」

「わたしにも両面あるのかな。人生ってはみだしたところがないと、退屈じゃない? 大衆は

そこそこ資産がある人でも、その使い方が堅実なのよ。そこをラリックは見抜いていたわ」

「堅実って、どんなところが？」

「食器に、今出来の型ガラスを選ぶところかな。ヴェネチアガラスの骨董品で食器をそろえるとなると、それなりの出費は覚悟しなければならないでしょう。でも型成形の量産ガラスにしておけば、高いといっても目の玉が飛びでるような額じゃないわ。ラリックはそういう顧客のニーズに焦点を当てていたのよ」

「それにキュビスム装飾のカトラリーをそろえておけば、訪問客からこの家の人たちはブルジョワのように裕福だと思ってもらえるしね」と、ぼくが補足すると、

「あなたがいった大衆の新しい女神、それがラリックの直線を強調したワイングラスや器《うつわ》だったのよ。ラリック社が出した製品カタログの一九三二年版には、ガラスの雀と、ひな菊のセンターピースをあしらったテーブルセッティングが提案されていたわ。雀は六羽いたんだけど、それぞれに、大胆、嘲笑、粋、不遜、内気、陰険なんていう愛称がつけられていてね、どことなく招待客の女性たちを暗示しているようじゃない。泣かせるわ」

「ラリックは二〇世紀に入って、企業経営者としての才能に目覚めたということか」

ヒロコの話を聞いて、ぼくはいまのラリックが、あえて脇役に身を置いている理由が胸に落ちた。

ラリックはいまや押しも押されもせぬ企業経営者となった。宝飾で名声を博した時代が終わっても、いまは型ガラスの生産で順風満帆である。

「しかし、いまのラリックは自分の境遇に満足しているんだろうか？」

ぼくがこんなことをつぶやくと、ヒロコは、

「なんでそんなことを思うの？　満足してるに決まっているじゃない。事業が成功してお金持ちになれたんだから」と即座に反応してきた。

「そこなんだよ。ラリックは自分が成功したと思っているんだろうか？　世紀末のころ彼は売れっ子だったとはいえ、一介の宝飾職人に過ぎなかった。けれども彼は自分の宝飾を愛玩してくれる大金持ちと、時代を一緒に謳歌している気分になれていたんじゃないかな。ところがいまはどうだろう。彼が自社の型ガラスを買ってくれる大衆の気持ちに共鳴しているとは思えないけど」

「また、難しいことを考えているのね。世紀末のころだと、彼の宝飾はサラ・ベルナールのような舞台女優か貴族の末裔、そうでなければ、中東で石油採掘の利権を握っていたグルベンキ

アンのような超大物実業家しか買えなかったという話だよね。だから当時のラリックは、自分も上流階級に食い込んだような気持ちになっていたかもしれないわね」

「そうだと思うよ。でもいまのラリックは、真逆の立場になってしまった。こんどは彼がブルジョワで、大衆の心を読まなければならなくなってしまったんだからね。それだと大衆迎合主義になりかねない。芸術家ラリックとしては、楽しい仕事ではないだろう」

「ジローのいいたいことはわかったわ。だとすると、ラリックは世紀末に、お金持ちたちとどんな生き方を共有していたの、そしていまは大衆に、どんな生き方を読み取ろうとしているのかしら?」


「世紀末の芸術趣味をリードしていたのは、元貴族だったと思う。というのも、彼らは市民階級のような勤労者じゃなくて、先祖代々の遺産で食っている人たちだったからね」

「そうね。遺産があるうちは、どんな趣味をもっていても誰からもとやかくいわれないで、好きなように暮らせたんでしょうね。羨ましいわ」

「ほんとにね。ぼくが生まれた一八八四年に出版された本だけどね、ユイスマンスという人が『さかしま』という小説を書いて、その一端を暴露している。この人はフランドルの画家の末裔だったんだ。彼は主人公のデ・ゼッサントに、時代に取り残されてしまった貴族の生態を演じさせている」

「なんか、どきどきする」

「荒唐無稽なお話だけどね。デ・ゼッサントは自分の部屋を、二本マストの小さな帆船の三等船室のように改装させたんだ。窓の外側には機械仕掛けの精巧な魚たちを泳がせて、魚が模造の海草にからみつくのを見て悦に入っている。そのうえ念の入ったことに、主人公は木造船の防腐剤に使われる瀝青《タール》の臭いを部屋に送り込ませ、壁には南米行きの汽船を描いた版画や、英国郵船の航路地図、大西洋郵便の運賃や寄港地の図表を掛けて、辺境への旅を夢見てうっとりしている、という具合だった」

「なんだ。案外ちゃっちいデカダンスじゃない」

「しょせん没落貴族だから他愛もないんだけど、せまい世界に立て籠もって、そのなかで自分が全知全能の神であるかのごとく振る舞っている。つまり極小世界における人間中心主義とでもいうんだろうか、そんな人工楽園を空想する能力こそ、万物の霊長たる人間の証であるとデ・ゼッサントは信じていたわけだ」

「それじゃあ、主人公は自然より人工に引かれていたっていうこと?」

「そこだよ。自然はもはや老女だ、なんていう台詞《せりふ》をユイスマンスは主人公に吐かせている。それに『さかしま』が出版されると、彼の師だったエミール・ゾラが、ユイスマンスを裏切り者呼ばわりして、人間や自然を見る目を自然主義に戻すように勧めたというエピソードが残っているからね」

「逆だと思ってたわ。アール・ヌーヴォーっていえば、植物模様がトレードマークじゃない。あの時代のキーワードは自然だと思っていた。でも、お店にあるガラスランプに絡みついている鉄製の蔓は、人工的にねじ曲げられているわ。あれって反自然主義だったのかしら」といいつつも、ヒロコの表情はちょっと疑い深げだ。

そして、こう問いかけてきた。

「仮に時代遅れの貴族の生き方が退廃的で、その根っこに時計仕掛けのような人工主義があったとして、それに染まっていたラリックは一九二〇年代になって、こんどは大衆の生き方になにを発見したのかしら？　まさかちゃっちい人工主義を、大衆に見出すわけにもいかなかったでしょうしね」

「でも人工主義への信奉を、ラリックはいまでも失っていないような気もする」

「どうして？」

「型ガラスの鋭角的フォルムって、人工美という概念がなければ成立しない美意識だからね」

ぼくがこういうと、ヒロコは沈んでしまった。

「そうすると大衆、といっても会社でいえば中間管理職クラスの人たちでしょうけど、消費者となった彼らは、世紀末の貴族のような人工主義と、機械製品のもつ人工美の極致を、手が届く値段の範囲で楽しんでいるということ？　消費者とか大衆って、とらえどころがないね。もう、あの人たちがなにを望んでいるのかわからなくなった!!」

バッカスの巫女

「さっきわたしは、ラリックのいまの顧客は〝ちょっとリッチな大衆だ〟なんて生意気なことをいってしまったけど、結局あの人たちは、デ・ゼッサントが耽《ふけ》ったデカダンスを追憶しているのかしら、それとも戦後社会を牛耳るブルジョワになびいているの？」と、ヒロコがむずかしいことを訊いてきた。そうとう混乱しているらしい。

「ヒロコは大衆のことを、貴族の追随者か、はたまた新興成り金の共犯者であるかの、どちらかに分けようとしているの？　でもその二分法では、彼らの正体はつかめないんじゃないか。彼らは両面をもっているよ」

「両面があるなんて、そんなの矛盾じゃない」とヒロコは口をとがらせるが、でも人間なんてそんなもんだろう。

「ラリックはそこを見抜いていたにちがいない」

「どういうこと?」

「だって、一方では直線的なガラス食器を提供して、顧客の〝自分は人工主義を理解する現代人だ〟というプライドをくすぐり、他方ではギリシャの女神をあしらったガラス花瓶を提供して、顧客の〝自分は古代神を敬愛するブルジョワに連なっている〟という自意識を満足させているじゃないか」

「やるね、ラリックは。でも、それがわかってくると、彼の顧客っていったいなんなんだろうと、ちょっと同情してしまうな」

「結局、消費者をどう見るかということだろう。ぼくなんかは、同情するもしないも、彼らを自分の商売の顧客に取り込めなかったわけで、だから家具屋を畳まざるをえなくなったんだから、偉そうなことはいえないけどね」

「わたしの店に骨董ガラスを買いに来るお客さんは、たとえ金持ちであっても、自分の意志で商品を選んでいるわ。でもラリックのガラスを買う人たちは、自分で選んでいるんじゃなくて、選ばされているのね」と、ヒロコが話を合わせてくれた。

「お客さんはラリック社に主導権を握られている、ということなんだろうな」

「ねえジロー、いまではブルジョワにのし上がっている人たちも、のし上がれなくて大衆の立場に甘んじている人たちも、もとをただせば同じ市民階級でしょう。それなのに、一方は消費者の購買意欲を操作して、他方は与えられた選択肢のなかから商品を選ぶ自由しか与えられていないなんて、わたしは理不尽だと思う。あなたは、そう思わない！」

ヒロコのいうことは正論だ。けれども、資本主義は理不尽なものなんだろう。ぼくもその仕組みは、ほんとうにはわからない。

「悔しいとは思うよ。でも仕方がない……」などといって、お茶を濁すのが精一杯だ。

ただ気になるのは、ぼくがその価値を世間に思いださせたいと躍起になっている、装飾の行く末である。装飾とは、集団の存在価値を主張する思想や造形物だとすれば、これからの社会でさらに多数派を占めていくであろう消費者は、この先どんな装飾で、なにを主張していくのだろうか。

大勢いるのにもかかわらず、彼らの主張が通らなくなれば、その社会の動向を示す装飾に見るべきものがない、つまり装飾がすたれるという事態にいたるのではないかと心配になる。

奢侈工業の経営者が大衆の購買欲を刺激するために製造した、型ガラスのような装飾品に溢れた世の中がいずれやってくるのだろうか。みんなが似たような服を着て、似たような表情で街を歩く時代が来るんだとしたら、ぼくはそんな時代まで長生きしなくてもいいという気持ちになってくる。

ところで、ラリックは実際のところ、ガラスでどんな女神たちをつくっていたのだろうか。ぼくはあまり記憶がないので、ヒロコに訊いてみる。

「博覧会のとき、ラリックはどんな女神をつくっていたっけ?」

「なにいってるの、中央広場に高さ二〇メートルにもおよぶ噴水塔『フランスの水源』が設置されていたじゃない。あれには一二八箇も、女神の柱像が飾られていたのよ。さながら女神曼荼羅といったところだったわ」

「どんな女神がいた?」

「正確にいえば、女神というより小悪魔のようなニンフが多かったわ。そのひとりのテルプサなんか、自分の領地の美しさを守ろうとしてアポロンを騙したくらいなんだから。もっとも、それがばれて罰せられてしまったらしいけど」

「小悪魔か! それじゃあ、ノルマンディー号の『平和の女神』のような女神とはランクが違うね。彼女たちは帰依する対象ではなくて、遊び相手のようなものかな」

「あなたは、ほんとに学者にはなれないね。ニンフのことを、遊び相手だなんて!」

ヒロコの話し方はぞんざいだけど、どことなく会話を楽しむ口調になってきた。そこでこっちも調子に乗って、

「ラリックはほかにも小悪魔をつくっている?」と訊いてみる。

「けっこうつくってるよ。バッカスの巫女やシレーヌを浮き彫りにした花瓶とかをね。バッカスの巫女なんて、信女なのに夜になるとぞっとするような奇声を発してトランス状態に入り、狂いまくるというんだから。もっともバッカス本人だって、酒と放蕩の神だったけど。シレーヌだって負けていなかったわ。あなたも知ってるよね。彼女が美しい歌声で船乗りを惑わし、海に落ちた者を食っていたというお話を」

「なんかヒロコ、嬉しそう。なんにしてもラリックが目をつける女神たちは、品行方正とはいえないね。ギリシャ神話の神々には、多かれ少なかれそんなところがあるけれど、ラリックはやんちゃでいたずら好きな妖精が好きなんだね」とぼくがいうと、

「というより大衆のほうが、好きだったんじゃないの。だから自宅の居間に、階級の低い女神をもちこんだのよ。帰依する対象でもなく、芸術の対象でもなく、物神崇拝《フェティシズム》の対象としての女神をね」とまとめだしたヒロコは途中で気づいたらしく、

「いけない、物神崇拝だなんて。あなたが使いそうなボキャブラリーだわ」と、憎まれ口をきいた。

「なにいってんだ、きみだって小悪魔の素質がありそうだけど? それよりまじめな話、大衆にとって、ラリックの小悪魔は、身分相応の装飾だったのかもしれないね」

「だったら、将来に希望をもっていた博覧会当時の大衆は、もうどこかに行ってしまったのか

もしれないね」

ヒロコの大衆傾倒も混乱をきたしているらしい。

五日目

ピエール・シャローとベルナルト・ベイフット『ガラスの家』、1931年、個人医院の住居部分
サン・ギヨーム通り31番地、パリ

五日目

さらばブルジョワ
——九月二二日

群れからはぐれそうなヒロコ

今朝は早く目が覚めた。ルームサービスのクロワッサンとカフェオレで朝食を済ませ、ヒロコを誘わずにひとりでウインターガーデンに出てみた。いつものプロムナードデッキを船首方向に通り過ぎていくと、突き当たりにそれはあった。

変わった名称だが、要は観葉植物にあふれたサンルームだ。この二つ上の階は操舵室になっているので、この部屋からも大西洋が遠くまで見晴らせて気持ちがいい。ほかには二人しか客がいなかった。前方の籐椅子に陣取る。植物の匂いに少しむせたが、すぐに慣れる。

そういえばこの船に乗ってから、ひとりで過ごした時間はわずかしかなかった。ノルマンディーの女神を探しにいったときくらいのものである。もちろん船室ではひとりだが、公共の場にひとりたたずみ、他人の会話をバックグラウンド・ミュージックにして孤独を楽しむ機会はなかった。

ニューヨークに着いたらどうするか。まずは、以前ぼくの店で働いていたことのあるアメリカ人のボブのところに寄寓させてもらう手筈になっている。ボブの父親は一九二〇年代の禁酒法時代にしこたま儲けたそうで、邸宅は広いから好きなだけいてくださって結構ですと彼はいってくれるが、そういうわけにもいかないだろう。手頃なアパートを探さなければ……。場所はどこがいいのか。いや、そんなことは後で考えればいい。

仕事のほうはどうするか。ボブと共同でフランスの高級家具を輸入する計画を立てている。問題は一〇年も前のアール・デコが、アメリカでまだ人気を保っているかどうかだ。いや、これもあたって砕けろだ。東部のニューヨークやボストンでは流行が下火になっていても、中西部のシカゴや、映画の都ハリウッドなら、パリ仕込みの家具といえば一目置いてもらえるかもしれないじゃないか。

それよりも、ヒロコだ。どうしよう？ といってもぼくがひとりで決めることではないが、昨晩ヒロコの話したことが重く残っている。彼女とはきのう軽食堂のバーでラリックの話をしたあと、ぼくの部屋で夕食をとった。ここは楽団の演奏があって騒がしいから、夕食はルームサービスにしたいとヒロコがいったのだ。

もちろんぼくの部屋にヒロコが来たからといって、彼女に他意のないことはわかっていた。しかし食事が運ばれてくるまでル・アーヴルで買い込んだヴェルモットで乾杯していたとき、ヒロコがこう切りだしたのには驚かされた。

「わたし、パリにとんぼ返りするのをやめて、もうしばらくニューヨークにいようと思うんだけど、いいかしら?」

世の男たちは女性からこんな不意打ちをくわされると、どんな顔をするのだろう。どう答えていいかわからなくて、しばらく黙っていると、

「気をもたせるようないいかたをして、ごめんなさい。あなたに負担をかけるような話しかたをしたわ」という。

ここはお茶を濁すようなことをいうのはやめよう。相手が核心に触れてきたんだから、こちらも勇気をださなければと思って、

「きみはぼくと生きていきたいの?」と返してみる。

「そこまではまだ……」といってヒロコは表情をゆるめたあと、また真顔に戻って「実はわたし不安なの」とつづけて、そのあとの言葉は飲み込んでしまった。

みじかい沈黙のあと、

「いったいどういうこと?」と話しをうながすと、

「パリを発つ前、シャイヨーの丘で開催中の博覧会に行ったんだけど、スペイン館で見たピカソの絵が忘れられないの。あの絵はスペインのゲルニカという村を、今年の四月にドイツが空爆したときのことを描いたものだったわ。村人が大勢死んだそうよ」と語りはじめた。

「怖いって、無差別爆撃のことだったのか。たしかに酷い出来事だったけど……」

「わたしの店のお得意で、それこそあなたのいうブルジョワの人がいるんだけど、彼はドイツを警戒していたわ。あの国では、いまや戦争を回避しようとする勢力は排除されてしまったそうよ」

「二年前のドイツの再軍備宣言には驚かされたね。そしてラインラント進駐、スペイン内戦への加担と、最近のドイツは急展開だ。いくらソヴィエトの共産革命が伝播するのを防ぐための再軍備だといっても、英仏が容認しなければドイツは孤立するしかない。そうなったら、ドイツはいつか来た道に戻ってしまう」

「男の人は国際政治が好きね。でも、わたしはちがうの」と、ヒロコが冷めた口調でいった。そしてつづけて、

「ようやく築けた同業者やパリでお世話になった人たちとの信頼関係が、戦争になれば壊れてしまうじゃない。もし日本がドイツ側に付いたら、わたしはパリでは敵国人になってしまう。スパイを見るような目で見られるかもしれない。それが怖いの。あなたも知ってるとおり、わ

たしはブルジョワと連帯しようなんて思ってない。けれどもパリの普通の人たちとは仲間でいたい。だから、あの人たちに嫌われてまでパリに居つづけることはできないわ!!」と訴えるようにいうのだった。

そういうことだったのか、最初は愛の告白かと勘違いし、つぎは政治談義かと早とちりしたけど、彼女は対人関係の喪失を心配していたんだ。とんだ道化を演じる前にヒロコの本心がわかってよかった。

「話はすこしずれるけど、ヒロコはやっぱりブルジョワよりも大衆にシンパシーを感じているんだね」

「なんかちがうな。きのう、一二五年の博覧会を回想したときには、そう受けとられても仕方のない話し方をしてしまったけど、わたしは大衆の味方というわけではないよ。それにそもそもジローは顧客や自分がおつきあいする相手を、集団として見る傾向がつよいけど、わたしはちがうの」

ぼくは混乱してきた。

「パリの人たちと仲間になるのと、ブルジョワと連帯するのとはどうちがうの?」

「連帯って、大勢の人たちとするもんでしょう? それに共通の目的をもって。でもわたしが求めている仲間って、相手は一人ひとりの個人なの。だから目的が一緒だというわけじゃないし、そもそも目的なんかないのかもしれない。直感や本能で、仲間になりたいと望んでしまうのね。平たくいってしまえば、わたしは信頼できる人が欲しいだけなんだわ。だから相手の階層なんかどうでもいい。その人が信じられれば、相手はプロレタリアだって、大衆だって、元貴族だって、ブルジョワだって、そんなことは関係ないの」

「わかってきた。きみのいう仲間には、共通の目的がないということか」

「そう。この船に乗った最初の日、わたしが〝どうしてジローはブルジョワの連帯を羨ましく思うの？〟と訊いたら、あなたは〝彼らは連帯によって自分たちの時代をつくっているからかな〟っていってたわね。ああいう欲求が、わたしにはないの。だからわたしのいう仲間って、動物の群れみたいなものなのよ」

「〝群れ〟か……。そこからはぐれそうなんで、それで昨夜きみはニューヨークに残ってもいい？　って訊いたわけか」

「クールな言い方ね！　理詰めなあなたには、こんなどっちつかずな気持ちはわかってもらえないかもしれないけど、わたしは群れのなかでひとりで生きたいの」

「それで、ぼくといると安心できるの？」

「この船の女神や壁画にたいするジローの解釈を聞いていてわかったわ。あなたってブルジョワのことを冷静沈着に分析して、彼らの自己本位な生き方を批判的に見ているけど、でも最後は彼らを断罪したりはしない。あの人たちの主義主張を、正当化してあげようとしていたわ。ジローはそういう人なんでしょう?」

「褒められているのか、貶《けな》されているのか、どっちなんだ」

「あなたって、根は熱血漢なのよ。〝自ら省《かえり》みて正しいと思えば、たとえ敵が千万人といえども われ往《い》かん〟というのが流儀でしょう。共鳴する主義主張に殉ずる人だわ。だから、わたしみたいな根なし草の日本人が西洋で行き場を失っても、あなたなら味方になってくれそうな気がしたの」

だったらヒロコの話は、やっぱり愛の告白だったのか。どうも女性の話は掌《たなごころ》の上で転がされているようで、よくわからない。

「わたし、自分ひとりでアパートを借りるわ。ときどき話し相手になってくれない。パリの店は、ずっと手伝ってくれているマチュー夫人に任せてもいいし。ニューヨークでもちゃんと稼ぐわよ。今出来の家具のことはよくわからないけど、あなたの手伝いくらいならばできると思う。だから……」

「ちょっと待ってくれない!!」

ぼくは彼女の言葉を遮ってしまった。

「群れからはぐれたくないという不安な気持ちはわかった。でも、ぼくはきみの心に空いた穴を埋めるために、きみを愛することなんてできない。それにぼくに依存するなんて、ヒロコらしくないじゃないか」

こういってから、ぼくは即座にしまったと思った。ヒロコの告白にたいして、こともあろうに理屈で返すなんて……。俺は最低だ。

彼女を突き放すようなことを、なぜいってしまったのか。せめて、「きみと対話しているときだけだよ。ぼくがほんとうの自分に戻れるのは」くらいのことをいえなかったものか。後悔先に立たずだ。

ルームサービスの夕食が来てからも、ぼくらは黙って食べるしかなかった。ヒロコもぼくをなじりはしなかったけれども、告白したことを悔いているようだった。

ぼくは、沈黙がつづくのはよくないと思って、

「ニューヨークに残っても、戦争が回避されれば、いずれパリに戻るんでしょう?」などと、また馬鹿なことをいってしまった。

でもヒロコは落ち着いていた。

「あなたは合衆国という異邦で、どうやって生きていくの? マリアンヌや女神のいない国で、どんな人間関係を築くというの? わたしはそこに巻き込まれてもいいと思っているのよ!」といってくれた。

ぼくは心に反して、さらに馬鹿なことを口にしてしまいそうで、なにもいえなかった。彼女の目元がうるんでいるように見えた。

⁂

ざっとこんなところが、昨夜ヒロコが話した内容だ。旅立つ前から考えていたのだという。ためらいがちに話す彼女は、きのうの昼までの屈託のないヒロコではなかった。したたかささえ感じさせた。そんな彼女を見てぼくは欲望を感じてしまった。抱き寄せたいとさえ思った。深刻な表情が、いつもの弾むような、子供じみた雰囲気を——それはそれで魅力的だったけれども——拭い去っていた。

そうしなかったのは、自制心のなせるわざだけではない。彼女がいった〝あなたは合衆国という異邦で、どうやって生きていくの〟というフレーズが、ぼくのなんとなく収まっていた心に再び火をつけ、ニューヨークでの新しい人生に立ち向かおうとする、戦闘意欲をかき立てたからである。

シャネルのスーツが似合うヒロコのしなやかな体つきのことは、しばらくはお預けだ。いまは彼女が戦友のように思える。

こんなことを考えながら、ウインターガーデンでの孤独を満喫した。前を見ると、午前中のつよい日差しが、海面に金色の光をまき散らしている。まぶしい。海鳥の飛んでいるのが見えた。ニューファンドランド島が近いのかもしれない。

そうだ。昼になったらヒロコをいつものグリルルームではなく、一等食堂に誘おう。そしてこの旅をしめくくる午餐を楽しもう。船室係のスチワードに伝言を頼み、しばらくうとうとする。

どのくらい時間が経ったのだろうか、誰かに肩をたたかれたので目を覚ますと、ヒロコがそこに立っていた。ドレスアップしている。しかも香水の匂いがほのかに漂ってくる。

「たくさん衣装をもってきたんだね」

「そうよ、船旅の日数分もってきたわ」

あのトランクのどこに、そんなに詰め込んであったのだろう。

「それは、なんていうデザイナーの服なの?」と訊くと、

「エルザ・スキャパレッツリよ、奇抜でしょ」と嬉しそうな顔をした。ショッキング・ピンクの袖なしブラウスに、クリーム色のロングスカート。これでも抑え気味のアンサンブルなんだそうだ。

スキャパレッツリは、ダリやジャン・コクトーらとの交遊からシュルレアリスムを取り入れた

服飾をデザインして、いま評判をとっている人なのだとヒロコは自慢する。二人並んで歩きだすと、周囲の目がヒロコに集まっているのがぼくにもわかった。彼女は昨夜のことをすっかり忘れてしまったかのように振る舞っている。

食堂に着くと、給仕係は女神のそばのテーブルに案内してくれた。午餐なので混み合っていない。旅のいい思い出になりそうだ。メニューを見ながら、「最後だから変わったものを試してみるか。〝ガチョウの南仏風土鍋煮込み〟なんてどうかな、特別郷土料理って書いてあるしね。それにオニオンスープとサラダだ」と、独りごちていると、

聞いていたヒロコは、「わたしはガチョウはちょっと……。オニオンスープとサラダは一緒で、あとは冷菜の〝ハム盛り合わせ〟にする。それからワインはやめておく。ペリエがいい」

といった。

もはや絆は必要なし

しばらくすると、ペリエとぼくの頼んだ赤ワインが運ばれてきた。ところが一緒に品のよい夫妻も案内されてきた。食堂は空席が目立つのに、どこまでも客の交流を図るというのがこの

船のポリシーなのか。ありがたいような、迷惑なような……。

ご主人の年格好は、ぼくよりすこし上で五〇代後半といったところだろうか。髪をオールバックにして、スーツを隙なく着こなしているところは、いかにもエスタブリッシュメントといった面持ちである。奥方も慈善活動でもしていそうな風貌だ。穏健そうでいて信念のつよさも感じさせる。

ぼくは画家を気取っていた若いころの左がかった心情が見透かされそうで、こういう人たちはどちらかといえば苦手だ。でも、ヒロコなら上手に相手をするだろう。

自己紹介がはじまると相手は、「わたしはジャン・ダルザスといいます。職業は医師です。隣にいるのは妻のアニーです」と名乗った。

この食堂で出会う人たちは、皆さん高額所得者だ。ぼくはといえば経営破綻者。だけどいつも真っ正直に説明するのも芸がないので、今回は、合衆国にフランスの高級家具を売り込みにいくのだと、いささか虚勢を張ってみせた。ヒロコも、アメリカ人にアール・ヌーヴォーの魅力を紹介したいなどと、調子を合わせてくれている。

ぼくらが美術商だとわかると、ダルザス氏は「すこしお話をうかがってもよろしいですか?」と積極的に話しかけてきた。つづけて、

「実はわたしは前衛的な建築や家具に興味があります。三門《みかど》さんと森谷《もりや》さんは、そちらの方面

も取引されてきたのでしょうか？」と訊くので、
堅苦しいので、「ジロー、ヒロコと呼んでください。ぼくの取扱品はアール・デコの家具、彼女のほうはアール・ヌーヴォーのガラスです。ぼくが店に置いていた前衛的な家具としてはピエール・シャローの籐と鉄の椅子がありました。避暑地のホテル用に設計されたものです」

ぼくがこう応じると、ダルザス氏の目がきらりと光った。

「わたしのことはジャンと呼んでくださって結構です。それで、シャローの家具の人気はどうでしたか？」と重ねて訊いてくるので、

「個人のお客さんは、あまり関心を示しませんでした。ブルジョワの人たちは家具に使われている黒檀や、そこに埋め込まれている象牙を自慢したいようでした」とぼくが説明すると、ジャンは身を乗りだしてくる。

「最近のブルジョワはそうでもありませんよ。豪華な材料の家具だけではなく、籐や鉄のような簡素な家具も人気のようです。それにね、ジローさん。いまの富裕層は、かつてのブルジョワとはちがいますよ」

「先の大戦後、社会に君臨してきたブルジョワが、いま変わりつつあるというんですか？」

「そうです。彼らはいまも経済的成功者であることに違いはありません。でもいまの彼らは、かつてのように古い秩序を壊して、新しい秩序をつくろうとは思っていません。彼らは生き残

りの貴族や、あるいは金融業者や実業家に転身した元貴族たちと闘って、自分たちの経済活動を実現してきました。その闘いに勝ったいま、彼らはこんどは自分たちの既得権益を保持するという守勢に立たされているのです。

——彼らは必要に応じて、裏で結束することもあるでしょう。でも、表立っての連帯は必要としていません。それで私は彼らのことを、どこか支配者然とした響きのあるブルジョワという名称で呼ぶことに躊躇し、今日の富裕層と呼んだわけです」

「ではブルジョワは、連帯するための絆も、いまでは必要としていないということですか?」

とぼくが確認すると、

「そうです。三日前でしたか、晩餐の席に着いた年配の男たちが、平和の女神の足許で放歌高吟していたでしょう。お気づきになりませんでしたか? あんなまね、女神のことを絆として敬愛していたらしませんよ。いまの富裕層は政治的指導者でもなくなり、調整型の実務家として生きているんです」と力を込めて返してくるのだった。

「そうなると、いまの富裕層が自宅に置く家具も、かつてとは違うのかもしれませんね」

「まったくそうです。これはわたしの個人的見解ですが、富裕層はたしかに高級品に囲まれて暮らしてはいます。ですが、彼らがほんとうに求めているのは、かつてルールマンがつくっていたような、富を誇示する家具ではありません。彼らは物質的な豊かさで、自分を大きく見せません。ジローさんには意外でしょうが、彼らは自分の納得できる生活を求めているのです」

「思いがけないお話しです。彼らは家具をステータスの象徴として選ぶのではなく、自分の生活に合わせて選びだしているということですか？」

「そう思います。それにここが重要な点ですが、彼らはありきたりな金持ち風家具やインテリアで屋敷を飾ろうとはしません」

「だったら装飾の動向を左右するのは、もはや富裕層が共有する欲望ではないということになりますね」

「集団としての欲望が衰退したから、ブルジョワを象徴していたアール・デコの流行も終わってしまったのです。彼らはしょせん個人の集合体なのです。おそらく今後は、富裕層の好む装飾に特定の動向を読み取ることは難しくなるでしょう」

「つまりダルザスさんは、これからは彼ら一人ひとりの生活が、好き勝手な装飾を求めていくと仰《おつしや》っているわけですね」

「まあ、そこまでいい切れるかどうかはわかりませんが……」

思いがけない話になってきた。ブルジョワには違和を感じてきたヒロコにしても、ジャンの急進的な話には驚いているらしい。

「わたしの店にも富裕層がきますが、あの方たちにはエミール・ガレのガラスを溺愛している人も多いですよ」とヒロコがいうと、ジャンが丁寧に、しかししっかりした調子で、こう説明するのだった。

「これは失礼しました。そういう趣味の方もいらっしゃるでしょうね。結局、趣味が液状化しだしたんです。一九世紀の市民階級はロココを懐古し、二〇世紀のブルジョワはアール・デコを愛し、大衆はバウハウスの実用品で我慢しているという図式は思い込みです。いまでは、富裕層でも自分の生活にこだわる人は、使い勝手のよい事務机を選びます。反対に、大衆でも過去を懐かしむ人は、ギリシャ神話の女神をあしらったラリックの型ガラスを好んでいるのですから」

「趣味の液状化なんてすごい表現！　目から鱗です」

「そうなると、ぼくとしては、いまの富裕層が求めている新しい生活がどういうものであるのかを知りたくなります」と話を転じてみると、

「ニューヨークでの仕事に挑むジローさんとしては、そこが気になるところでしょうね。ひとことでいえば、労働で自己実現する人たちが望む生活です。いまの富裕層は、一九三〇年以前のブルジョワが好んだ幾何形態の家具にたいする執着もありません。仮にその人の使っている家具が角形をしていても、それは機械生産に都合のいい矩形が気に入っただけであって、彼の

邸宅のインテリアを統一するために選ばれた結果であるとはかぎりません。彼らはブルジョワ流の生活文化に未練はないのです」

「そうなると、ブルジョワの後継者であるいまの富裕層は、自分たちの所業のどこに、自らの存在意義を見いだしているんでしょう?」

「そもそも、いまの彼らはそんなものを見いだそうとしていますかね。ブルジョワをブルジョワたらしめてきた生活文化なんて、そんなもののルールマンの家具とともに去りぬでしょう」

勢いがついたジャンは、こう補足するのだった。

「二五年の博覧会のときの蒐集家館、ご覧になったと思いますが、そこにはブドワールという女性の私室があり、ルールマンの小机が置かれていましたよね。あれの素材はハンガリー産の楢材で、巻き上げ《ロールトップ》式の蓋には、杢目のきれいなアメリカ産のウオールナットが使われていました。滑り溝のある斜め部分はマカッサル産の黒檀で、そこには象牙が櫛の歯状に象嵌されていたんですよ。美貌の夫人が、こっそり若い男に恋文を書いている情景を想わせる机でした。でも、最近の人妻たちはそんな面倒なことはしませんよ」

「わたしもあの部屋は、昔の貴婦人の生活振りを懐かしがっているようで、時代錯誤だと感じました」とヒロコも同意すると、

ジャンは「昨今の人たちは、個人主義、自由恋愛を掲げて、カフェでおおっぴらに密会して

います。私の家はサンジェルマン・デ・プレの近くですが、ドゥ・マーゴにいけば、偶然会ったような振りをして、談笑しながら暗くなるのを待っている男女はいくらでもいますよ」というのだった。

またまた、新しい女神

そうか。ジャンの卓見を拝聴しているうちにようやく気がついた。この人は『ガラスの家』の施主だったんだ。あの建築のことならぼくも噂を聞いたことがある。ガラスブロックを使って、古い集合住宅の外壁を全面改修したことで話題になった住居だ。建築の基本設計はピエール・シャローだった。あれだけ思いきったことをやったんだから、ジャンはシャローと突っ込んだ話し合いを繰り返したにちがいない。それであんなに自信をもって独自な生活のことを語れたんだ。

ピエール・シャローは、アール・デコ博の架空のフランス大使館で『書庫付き書斎』を設計した人だ。当時、彼はまだ四二才だった。

「わたしも覚えているけど、シャローのあの書斎は不思議なものだったわ。箱形の机はアール・デコだったけど、机の周囲を列柱と天蓋が円く囲んでいるのを見て、わたしはギリシャを旅行したときに見たデルポイのアポローン神殿を思いだした。

――だから、シャローは相当な年寄りじゃないかと誤解してしまったわ。あとで聞いたら、机の素材はマホガニーとナラに、紫檀の化粧板を貼りつけたものだったけど、列柱と天蓋のほうは椰子の木なんですってね。そういう一風変わった素材へのこだわりに、若い彼は独自性を発揮したみたい」とヒロコが面白いところに目をつけた。

「シャローは、本質的に素材グルメなんだろう」

「その後のシャローの書斎机は、高級な黒檀や紫檀をやめて、鉄材一本槍になっていったけど、あれはバウハウスの機能主義に感化されたのかしら？」

「それも少しはあったかもね。でも、彼は建築現場の鉄骨が発散する荒っぽい匂いのとりこになったんだ。筋金入りの素材グルメだよ。素材は鉄板でも、彼の家具は値段が高いから、大衆には手がでない。そういうところが、ブルジョワに気に入られているんだ」

「じゃあ、シャローはこれからも勝ち残っていくかもしれないね！」

「そうだね。『ガラスの家』は彼の代表作として歴史に残るだろう」

こんな話をヒロコと日本語で交わしていたら、ジャンが「わが家のことをお話しではないですか？」と割ってはいってきた。〃ピエール・シャロー〃という単語が、彼にも聞き取れたらしい。


「写真でしか拝見したことがないんですが、ダルザス先生のご自宅は、話題になった建築でしたよね。一階が診療室で、二階と三階が住居だったと記憶してますが」

「ジローさん、わたしをジャンと呼んでください。あの家は二八年の起工で、三一年の竣工です。妻に英語を教えてくれた家庭教師が、ピエール・シャローの奥さんだったんです。そのご縁もあって、一八世紀の建物の改装をシャローに頼みました。彼は正規の建築教育を受けていません。だから、大胆なコンセプトを考えついたんでしょうね。それを技術的に支えたオランダ人設計家のベルナルト・ベイフットは、苦労したと思いますよ」

「診療室と住居部分は、どのように性格分けしたのですか？」

「そこですよね、わたしの生き方が反映されるところは。診療室のほうは、即物的な印象になるようにしてもらいました。私の診療科目が産婦人科なので、あえて無装飾なつくりにしてもらったのです。ですから壁はペンキの白一色です。そこにぽつんと診療椅子が置いてあるだけです。わたしの医療従事者としての言動が、感情を抑制した人物らしく見えるようにね！」

「では、住居部分のほうは？」

「逆にそちらは、アンシャンレジームを嫌う文化人と集いたいという私の信条を強調するために、実用的ななかにも美的な雰囲気がでるように演出してもらいました。居間は二階から三階までを吹き抜けにして、一方の壁は作り付けの本棚で埋め尽くし、反対側は黒と赤に塗ったH鋼の柱を露出させています。麻製のカーペットを敷き詰めた床には、グランドピアノと、さきほどジローさんが仰った籐と鉄のシャローの椅子を置いています」

「奥様にうかがいますが、ガラスブロックとH鋼のアンサンブルは快適ですか？」

「あれで意外に、暑さ、寒さ、通風、眺望、どれも問題はありません。わたしは木の壁が多いと落ち着くんですが、そこは亭主の好きな赤烏帽子ですから……」

「食堂には、一八世紀英国のアンティーク・テーブルも置いていますよ！」と、ジャンが補足する。

「その家具に、アール・ヌーヴォーのガラスを置いてみたくなりませんか？」

ヒロコが突っこむと、ジャンから思いがけない答えが返ってきた。

「装飾が少ないと寂しくないですか、というお尋ねですよね。それはないといえば嘘になります。でもね、ガラスブロックとH鋼の空間は、わたしの自画像なんです」

「自画像って？」

「二五年のころは猫も杓子も、キュビスム装飾を新しい女神としてもてはやしましたよね。それと同じように、私にとってはガラスと鉄、つまり最新の科学技術が、装飾の新しい女神なのです」

「ユニークな神様ですね」と、なおもヒロコがくいさがると、ジャンはこんな考えを披露してくれた。

「さっきジローさんが質問されたじゃないですか。今日では〝富裕層は自分たちの存在意義をどこに見いだしているんでしょう〟って。私は〝彼らはそんなものを求めていない〟と答えましたが、それは彼らがもはや自分の職業以外のこと、たとえば政治への関与や、生活文化の創造には興味を失いだしているという意味なのです」

「それでは、いま彼らは自分をどのように見ているのでしょう？」

「いまの富裕層も、一人ひとりの個人として見るならば、彼らは依然として社会に役立ちたいという信念を失っていないと信じたいです。ですから私は出産の不安や苦痛から女性たちを救いたいと思って、医学の道で生きることを決意したのです」

ぼくがこれまでに出会った富裕層で、彼ほど率直に話をしてくれる人はいなかった。

「ジャンさんは理系の仕事をされていますから、それゆえに科学技術を巧みに操作する能力にこそ、今日の富裕層の存在意義があるとお考えになっているわけですね」

「そう仰ってくださって、嬉しいです。ガラスブロックとH鋼の柱は、わたしが先端医学に励んで成り上がってきたことの証しなんです。あの家はそんな私の自分へのご褒美です。だから自画像なんです」

「ダルザス先生は、ガラスブロックとH鋼で、科学技術の女神から充分にご利益を引きだしましたよ」

ぼくがこういうと、ジャンは「そうかもしれませんね。でも本音をいえばシャローも私も、ガラスと鉄の感触が大好きなんですよ」といってウインクした。

一矢を報いる

「ヒロコ、以前のブルジョワはぼくらの店で家具や花瓶を選ぶとき、〝美〟を最優先の判断基準にはしていなかったとぼくには思えるんだけど、きみにはどう見えていた？　というのも、さっきジャンが〝居住部分のほうは、……実用的なかにも美的な雰囲気を演出してもらいました〟といっていたでしょう。あれが思いがけない言葉に聞こえたんだけど」

「わたしもあのフレーズは耳に残っている。夫妻で来店するお客さんを見ていても、珍品かどうかという議論はしても、美については話さないわね。フランス人って、芸術にまず理念を読み取りたがるでしょう。それに、美について議論すれば、奥さんが勝つに決まってるしね」

「芸術の分野でも自分たちの生き方を押し通してきたブルジョワが、美を口にするなんてどういう心境の変化なのだろう。あれはブルジョワの軟弱化を示していたのかな」

「軟弱化って？」

「少なくともぼくの店に来る顧客や、この船に女神像や巨大な壁画の設置を求めたブルジョワにとっての芸術は、政治的宣言みたいなものだった。そんなこわもての集団が美を意識しはじめたんだからね」

ダルザス先生のめまいがするような話で、ぼくがいちばん衝撃を受けたのは〝いまの富裕層は、かつてのブルジョワとはちがいますよ〟と彼が言い切ったところだった。
「これって、ありていにいえば、一九三〇年ころを境にして、ブルジョワがブルジョワでなくなったっていうことだよね」とぼくがいうと、
ヒロコも「ああいう見方ははじめて聞いたので、真偽のほどはわからない。でもいわれてみれば、近頃のブルジョワと話していると、かつてのギラギラした感じがしなくなったようにも思うわ。教養ゆたかな知識人という感じはするけど、どこか覇気がないといったらいいすぎかしら」と話を合わせてくれた。

「最近のブルジョワからは、あくのつよさが伝わってこないからね。ジャンがいう、いまどきの富裕層はしょせん個人の集合体だという指摘には、納得させられるところがあったよ。いまシャイヨーで開催中の博覧会だって、その目的には労働者や農民といったプロレタリアの救済があるというじゃないか。彼らは社会主義者の仮面をかぶりはじめたみたいだ」と、ぼくが話を進めると、ヒロコは、いわれてみればそうだけど、そこまで深掘りしなくてもいいんじゃない、という顔をしている。

「結局、あなたが知りたいのは、ブルジョワがかつての人生観を喪失しだした理由なの、それともそんなブルジョワをあなたが見限るための理由なの?」

「どちらかといえば後者、つまり彼ら一辺倒だった自分の人生観を見直すための理由を探しているんだろうね。でも、そういう話に入っていく前に、ジャンのような経済的成功者が美を求めるに至った心境が不思議でしょうがない」

こんなことをヒロコと話しながら、ぼくがガチョウの骨付き肉と格闘していると、ジャンがそれを見て「大仕事ですね」とからかってきた。このお医者さんは、意外に人なつっこいところがあるようだ。そこでヒロコと目配せして、

「ところで、ガラスとH鋼の構造って〝美しい〟ですか?」と突っこんでみた。

するとジャンは、「それは美学的な質問ですね。私よりもお二人のほうがご専門でしょう。こんどはジローさんがお話しになる番です」と切り返してくる。こういう人あしらいの上手さが、彼に社会的地位を得さしめたのだろう。そこでぼくは、いまの富裕層の深層心理を探ってやろうと思って、ジャンの挑発に乗ることにした。

「ガラスとH鋼の構造は、美の極致だと思います」と、ぼくはまず言い切った。そしてひと呼吸おいてから尋ねてみた。

「ジャンさんはさっき、自分にとっては〝科学技術が新しい装飾の女神です〟と仰《おつしや》ってましたよね。そして、居住部分については、〝実用的ななかにも美的な雰囲気を演出してもらいました〟とも付け加えていました。

――理系のあなたが文系の〝美〟に執着するのは、どうしてなのでしょうか？　美とは保守的なものです。ルールマンがつくった診察台なんて、想像できますか？」

「私が一方では科学技術時代の合理的な医療に従事しながら、他方では美を守ろうとしているのは不思議だというご指摘ですよね。実際、美に耽溺しそうな自分の心理が説明できなくて困っています。ジローさん、解き明かしてください」

「そこにこそ、科学技術の弱点があるのではないでしょうか。科学技術は、目的を達成するためには合理に徹しなければならないという、目的合理性から逃れられません。これが人の気持ちを息苦しくさせてしまうのでしょう」

ぼくがこういうと、ジャンは〝得たりやおう〟という顔をした。

「ジローさん、わたしの気持ちはまさにそうなんですが、でも、それを立証することができなくて困っています。どう考えたらいいんでしょう?」

「たとえば、バウハウスが啓蒙に余念のない合理主義と、それに対するフランス人の抵抗という構図で、ダルザス先生の美に回帰する気持ちを理解することはできないでしょうか」

「具体的にいうと?」

「一九三〇年に、装飾美術家協会はその年の協会展で、バウハウスのヴァルター・グロピウスとマルセル・ブロイヤーを招いて、二人の設計したプール、バー、金属家具のある居室を展示していましたね。あれは〝装飾は不要〟というメッセージを発信していました。あの展示なんかが、フランスの芸術家や富裕層の心に、合理主義の不寛容をトラウマとして残したんだと思います」

ジャンから即座に、「その展示なら、私も見に行きました。わが家を設計する参考にさせてもらおうと思いましてね。鉄パイプが目立つ展示でした」という反応が返ってきた。

ぼくが、「あれは共感と反撥があいなかばする仮設展示でした。グロピウスは、造形物はその構造だけで成り立つべきだという思想の持ち主です。橋梁、塔、駅などの鉄骨建造物を例に挙げて、これらに芸術性が不要なように、バウハウスが設計する建築やデザインも、もっぱら構造の産物なのだと力説していました[7]」と話すと、ジャンが、「バウハウスの連中は、あれでも美しいと感じていたんでしょうか？　実はあれを見てシャローも私も、美しいとは感じなかったんです。ですから私の家では、構造を美しく見せるためにずいぶん議論を重ねました。黒く塗ったＨ鋼の柱に赤色を加えたのは、その一例です」と説明しはじめた。

　そこでぼくが、「そこなんですが、グロピウスは構造を色彩や形態といった芸術の力で美化してはいけないという信念をもっていました。それがバウハウスの憲法でした。ですからあの仮設展示がジャンさん、あなたの目に美しく見えなかったのは、むしろ彼らにとっては狙い通りだったのではないでしょうか」というと、ジャンは気を悪くしたらしく、表情をくもらせた。

　しかしこれで滅入ってしまうジャンではなかった。

「そんなに理屈どおりにいくものでしょうか。ドイツ人だって、構造に美を宿らせたいという欲望は、抑えきれなかったのではないでしょうか。でも百歩ゆずって、ジローさんの解釈を受け容れるならば、美を拒むグロピウスたちの厳格主義が、かえって彼の設計した建築やデザインを見る人に、美を望む気持ちを覚醒させてしまうのかもしれませんね」

ジャンは転《ころ》んでもただでは起きない。心憎い反論だ。バウハウスの厳格な構造至上主義が、フランス人の心に、反動的に美への希求を昂じさせることもあるというのだが、この推論には一理ある。いや一理あるどころか、こういうジャンの説に少なからざるフランス人が頷くことだろう。

「ダルザス先生が仰るように、人間というものは理性が追い込まれると、感性が反発するのかもしれませんね」と、ぼくが用心深く同意すると、

「そういう業《ごう》から、グロピウス自身だって逃れられなかったのかもしれませんよ。彼が仮説展示した『プール』を思いだすと、何本もの水道管を床から立ち上げたその並べ方には、美的配慮が働いていたように思えてなりません。もっともその美意識たるや野暮ったかったですけどね」と、ジャンはいうのだった。

さらに彼はつづけて、「正直にいいますと、シャローとわたしはプールの展示を見たあと、なんとかグロピウスに一矢を報いたいと話し合ったんですよ。その結果がガラスの家になったのです」と熱く語るのだった。

野暮ったいかどうかではなく、グロピウスが『プール』の設計に美意識を働かさせていたとしたら、それ自体が見過ごせないことのように思うのだが、しかしぼくはダルザス先生の、美を手掛かりにしてバウハウスに反転攻勢をかけたいという情熱を前にして、言葉を発すること

ができなかった。

⁂

話が終わりかけたとき、ジャンは突然こんなことをいいだした。ぼくとの対話で、これまで心の底でわだかまっていたなにかが頭をもたげたらしい。

「科学技術という新しい女神ですが、彼女は手強い相手です。さっき私は、彼女の恩寵で医者として立身出世できたし、ガラスの家を造って自画像を描くこともできたといいました。でも彼女は、私に微笑んでくれた一方で、ブルジョワ集団の終焉を宣告するために降臨してきたようでもあるのです」

こう話すジャンは、さっきまでの丁寧でありながら、自信に満ち満ちていた態度とは打って変わって、物静かになってしまった。

「彼女はそんな宣告を下したのですか？」と尋ねると、

ジャンは、「いまシャイヨーの丘でやってる博覧会を思いだしてください。展示を体系化している一覧表(8)を見たとき、私は愕然としました。そして、ブルジョワの時代は終わったなと実感したのです!!」という。

「そんなに衝撃的な体系でしたっけ？　仮にそうだとして、つぎはブルジョワに代わって誰が時代を担うんですか？」とぼくが突っ込むと、ジャンは力を込めていうのだった。

「つぎを担うのは、人間の集団ではありません。それこそ、さっきお話しした科学技術という女神が担うのでしょう」

「ブルジョワは自分で科学技術を開発しておきながら、それに置いてけぼりを食わされるということですか？」

「まさにその通り。今回の展示を思いだしてください。それは、都市計画、マスコミ、社会保障の三本柱で構成されていました」

「それらは、新しい女神とあまり関係がないようにも思えますが？」

「都市計画といっても、こんどの博覧会が対象にしているのは、道路、公園、役所、学校のような公的インフラだけではありません。そこには民間企業の商業ビルや事務所の整備、そして店舗の地下街化も含まれています。さらに個人住宅への電気・ガス・水道の敷設も対象になっています」

「それらは、ブルジョワが科学技術の開発に投資したからできたのでは？」

「でも、彼らができるのは技術開発までです。彼らの思惑通りに都市計画を実施することはできません。公的なほうは行政が仕切るとしても、民間のほうは誰が計画の遂行に責任を負えますか？

——大衆のあいだに入り込んでいって、彼らの利害を調整するなんて至難のわざです。誰にもできませんよ。結局、誰の利益になるのか分からない計画が、ある日気がつけば完成しているという事態になるでしょう。科学技術と資本の掟が、冥界を司るプルートのように計画を推し進めるのです」

「いわれてみれば、地下街の開発なんてその典型ですね。まだ、権利関係の法整備もできていないでしょうから」とぼくが頷くと、

「二番目のマスコミなんて、もっとはっきりしています。具体的には、ラジオとテレビの放送網整備ですが、これは科学技術の進歩なくしてはありえません。そこから発信される情報が、ブルジョワにとって両刃の剣になるだろうことは容易に想像できますよね。なんといってもそれらは、新聞と違って即時性に特徴がありますから」

「政府やブルジョワにとって、都合がいいことも悪いことも、即座に大衆に伝わってしまうということですね」

「それに活字と違って、音声や画像での伝達は、なぜか感情に直接訴えかけてきますね。私も医者なので理性的に話すことを心がけてきましたが、大衆の時代になると、感覚的に伝えることが力をもつようになるのかもしれません」

三番目の社会保障についても、ジャンはこんなふうに話しはじめた。

「社会保障については、科学技術の関与はすくないかもしれません。大衆、女性、青少年にたいする職業教育などが課題ですから。いわば社会的セーフティーネットの構築が目的です。でもこれは、ブルジョワが放置してきた分野でした。というより、自分たちの企業経営が引き起こした社会不安でした。ですから、つけが回ってきたのです！」

こういって、ジャンは沈鬱な表情になってしまった。

「たしかに、こんどの女神は手強いですね。いまの富裕層に新しい金儲けのチャンスを与えてくれる一方で、彼らから社会を統治する情熱を奪ってしまうなんて」

「結局、革命や科学技術の普及っていうものは、言い換えれば、社会の大衆化のことだったんでしょうね。科学技術って、それを利用する人の身分や思想を選びませんから。しかも彼女は厳格な教養ももちあわせていません。彼女は資本にだけ微笑むのです」とジャンは静かにいうのだった。

それを見ていたヒロコが、「いまだって、ブルジョワは頼りにされていますよ！　博覧会事務局が科学技術を開催趣旨にかかげた背景には、労働者や農民の窮状救済という目的があったそうですし、このノルマンディー号の建造にも彼らの失業対策という側面があったという話ですから」と場の空気を和まそうとしたが、焼け石に水だった。

「ジローさん、ヒロコさん、ありがとうございます。船旅の最後にお二人にお会いできたのは幸運でした。話を戻せば、構造にも美を求めてしまうのは、わたしのそしてフランス人の性分なのかもしれません。それとも、耽美主義は人間の本性でしょうか？」

「こちらこそ、ダルザス先生とお目にかかれてよかったです。ぼくのこれからの人生を決めることになるかもしれないお話を伺うことができました」

「そりゃあ大変だ!! ヒロコさん、ジローさん、機会がありましたら、わたしの家を実際にご覧になってください。お二人をご招待します」

こういって、ジャンは夫人と共に席を立ち、先に食堂を出ていった。

さて、ここから先は、ぼくら二人で考えを進めなければならない。

「ダルザス先生がいうように、科学技術の時代が、いまの富裕層から社会を統治する覇気を奪ってしまったのだとしたら、そしてその心の隙間を穴埋めするかのように、彼らが自邸に使われている工業用材料を耽美主義で加飾しているのだとしたら、それはブルジョワ芸術の権威が失墜したということじゃないだろうか。率直にいえば、それは彼らの芸術の破綻だ」

ぼくがこういうと、ヒロコは「もうすこし丁寧に考えようよ」といいつつ、こう指摘するのだった。

「あなたのいう彼らの芸術って、アール・デコ博の名称が示していた、装飾芸術と工業芸術のことかしら？　だったら、すくなくとも装飾芸術のほうは、合理主義デザインの氾濫で、すでに生活の片隅に追いやられてしまっているわね」

「ほんとにそうだ。ぼくはいまやってる博覧会でポスターの展示を見たとき、それを感じた。二五年のとき、ポスターはいたるところに貼られて、博覧会の開催を誇らしく告知していたよね。ところが今回は広告館というひとつのパビリオンに封じ込められてしまっている」

「博覧会の主催者はポスターの価値を、情報伝達の手段に限定しようとしているんでしょうね」

「ヒロコのいうとおりだ。ダルザスさんじゃないけど、ぼくも今回の博覧会の展示を体系化していた一覧表を見たんだ。そうしたら広告部門にどういうものが記載されていたと思う？　なんとそこには、〝図表と電飾による広告〟や〝商品目録やチラシなどの印刷物〟そして〝商品陳列台に使う展示材料〟なんて言葉が踊っていたんだよ」

「ロートレックの時代は遠くなりにけり、ね」

「この船の就航を宣伝するカッサンドルのポスター『ノルマンディー号』も、広告館にあったよね！　あんなに斬新なポスターが、なぜ広告館にあるのか最初は納得できなかったけど、でもだんだん分かってきた。

——フランス人はなにを見ても、そこに理念を読み取ろうとするからね。どれほど彼のデザインが見事でも、高速の海上大量輸送という理念自体はありきたりになってしまったんだ。視覚的斬新さだけじゃあダメなんだよ。それであのポスターも、伝達媒体の域を出ていないと判断されてしまったんだ」

「ポスターが装飾芸術という分野から分離独立してみたら、その存在意義が広告宣伝に収斂されてしまったというわけ？　近代化って、残酷だね」

「ヒロコのいう通りだね。でも装飾芸術はもう終わったけど、工業芸術のほうはいまでもなんとか生き延びているんじゃないかな？　ダルザス先生がＨ鋼を黒と赤のペンキで塗り分けて、グロピウスに反転攻勢を仕掛けたように」

「でも、それだっていつまでもつかわからないんじゃない。科学技術に耽美主義をまとわせるなんて、弥縫策《びほうさく》なんだから」

大衆に残された道

それにしてもダルザス先生と出会うなんて奇蹟だった。「ヒロコ、ぼくらもドゥ・マーゴで密会しようか。そのときはジャンを訪ねてみよう」

「あなたも彼の家で、左翼系の文化人に会えるかもしれないしね」

「さて、陽の光がよわくなってきたと思ったらもう三時だ。この後どうしよう。ウインター・ガーデンに戻って、ひと休みする？」

「わたし、せっかくスキャパレッリの服を着てきたから、これで大客室を練り歩きたい。エスコートして！」

「はい!!」

大客室には、アメリカでのビジネスをあれこれ計画している人たちがたむろしていることだろう。そこでヒロコは自分の選んだ最新モードを披露するわけか。彼らの意欲に拍車をかけることだろう。ぼくが彼女から元気をわけてもらえているように。

ところが大客室についてみると、人影はまばらだった。旅の最終日だからだろう。ヒロコの当てがはずれてしまった。しかたがない。オーブュソンの生地で覆った椅子がたくさん空いているので、その二つを陣取ってエスプレッソを頼むことにした。

「なあ、ヒロコ。ギリシャ神話の大壁画にも食傷気味だねえ」

「そうよねえ。ダルザス先生の説では、一九世紀の市民階級がマリアンヌを生みだした時代はいうにおよばず、二〇世紀のブルジョワが異郷絵画で植民地主義を自負した時代だって、終わろうとしているというんでしょう？　だったらこの船が戴く平和の女神だって、すでに時代遅れになりつつあるんだわ。光陰矢の如しね」

つづけてヒロコが「どうしよう？　これからわたしは、骨董好きな好事家を相手に小商《こあきな》いするしかないのかしら」と独りごちた。ぼくはにが笑いをするしかなかった。

合理主義の建築やデザインが、早晩、工業芸術のほうも駆逐するにちがいない。そうなればアール・ヌーヴォーもアール・デコも好事家のあいだでひっそりと生きていくしかない。

しかし自分でそう推測したものの、ほんとうにブルジョワの退潮が決定的になっているのだとしたら、ぼくのニューヨークでのアール・デコ家具輸入も、また頓挫するかもしれない。

「ジロー、あなたはアメリカで、どういう人たちを相手にして商売をしていくの？　ブルジョワが自分たち流に変態させたアール・デコは、この船の装飾を見ると、いまがその最後の頂点のようにも思えるわ。まだ流行が燃え残っているかもしれないけど、もう命脈はいくらもなさそう。大衆はこれからもブルジョワ芸術に憧れつづけるかもしれないけど、そういう人たちを相手にしていくの？　それとも、出身は農民でもプロレタリアでもなんでもいい、とにかく科学技術を応用してのし上がってくる富豪を相手にしていくの？　わたしは階級を問わないほうが、民主主義の国アメリカには向いているように思うけど」

いよいよ、ぼくがブルジョワに別れをいうべきときがきた。あとは決断あるのみか。彼らの生き方を見限る理由は、もう見つかったのだし。

⁂

そんな思いにとらわれていると、ヒロコは思いがけないことをいいだした。

「そういえばノルマンディー号で思いだしたけど、いまやってる博覧会に、この船の『スクリュー写真』が展示されていたでしょう。わたし、不思議な感動を覚えたわ。あの写真は私たちの救世主になってくれないかしら？」

「あれなら、ぼくも覚えている。ユーゴ・エルデグという人が撮ったんだって。彼はまだ弱冠二八才だそうだ」

「若い人の感性っていう言葉をよく聴くけど、エルデグのはほんとにそうね。キャプションを見る前は、スクリューだとは気がつかなかった。斬新な材質感だったわ」

ユーゴ・エルデグ『ノルマンディー号のスクリュー』、1937年

ヒロコはいまだ興奮覚めやらぬといった体《てい》である。

「それで、どうしてあの写真がぼくらの救世主になるかもしれないの?」と訊くと、ヒロコの答えは一風変わっていた。

「船のスクリューなんて、機械製品の最たるものでしょう? にもかかわらず、あの写真は冷たさを感じさせなかった。ダルザスさんは工業材料に手を加えて、なんとかして美しく見せようと腐心していたけど、エルデグはそんな方法とは無縁だったわ」

「両者の違いはどこにあると感じたの?」

「富裕層の方法は、美を加えるという意味で足し算だったでしょう。それにたいしてエルデグは工業材料からその名称を剥ぎ取り、その物質に未知の美を見出そうとしているわ。いわば引き算よ」

「そうか。相手をこっちの美意識に合わせるんじゃなくて、材料を見るこっちの目を変えてしまうということか?」と、ぼくがなおも訊くと、

「合理主義デザインの影響で、最近の日用品の材料には、黒檀や銀に替わって、鉄や真鍮などが増えているでしょう。それらの来襲を前にして、大衆がそれらの加工に異議申し立てをする方法を、彼の写真は暗示していたわ」と食いつくように応じてきた。

「たとえば、どんな方法?」

「日本や中国の銅器によくある緑青《ろくしょう》は、その典型例じゃないかしら。緑青って、銅のサビでしょう？　昔の職人たちは、それをメッキによって防ぐのではなく、反対に、サビの進行を止める処理をほどこして、緑青には温かい風合いのあることを発見したわ。あれは、現代の科学万能主義とは違う発想でしょう？」

「引っ張りだしてきた事例が古いという感じはするけど、でも科学技術という新しい女神にひと泡吹かせてやろうという意気込みには、ぼくも賛成だよ」

「ところで、ジロー。あなたは合衆国でどうするの？　シャイヨー丘の博覧会はアメリカにも伝わっているでしょうから、あっちでも科学技術が装飾の新しい女神になりつつあるのかもしれないね……」

「世のなかがそっちに進むなら、ここはひとつブルジョワ芸術から宗旨替えをして、オフィス向け家具の製造に踏み込んでみるかな。実用重視ではあっても、機能厳格主義の暴力を押さえこんだ家具。人間を生活の主人公から追い出さない家具。要するに、バウハウスとは別の道を行く家具の開発だ。ピエール・シャローもアメリカでの仕事を模索しているようだから、彼に量産用事務机のプロトタイプを設計してもらってもいい」

「あなたはまだ五〇代前半だから、その気になればできるわよ」

「それで、ヒロコはどうするの?」

「迷ってるわ。昨夜話したことも、ほんとうの気持ちだし。でも、さっきのジャンの話は思いがけず、わたしに骨董商継続へのファイトを掻きたてたわ。だって、〃耽美主義は人間の本性でしょうか?〃なんていうんだもん。工業デザインの時代になればなるほど、人は骨董で精神のバランスをとろうとするんじゃない。そうなったらしめたものよ。戦争が起きても、商売仲間から冷たくされても、わたしパリで生き抜いてやる」

「なんだ、もう答えがでているんじゃないか」

「でも、昨夜あれから思ったんだけど、わたしはあなたのやり直そうとする情熱にも引かれだしているのよ」

「そのことなら、ぼくも思ったんだけど、ぼくは昨夜きみに酷いことをいってしまった。許して欲しい。きみはぼくのようにブルジョワの人生観になびくこともなく、いつだって判断の尺度を自分のなかにもちつづけている。そういう芯のつよさに、ぼくは引かれている。だからこそ思うんだけど、きみがパリに戻って骨董商をまっとうすることを応援したい気持ちにもなっている」

　ぼくは口を開けば、自分の気持ちに反して、彼女を遠ざける言葉を発してしまう。

「結局、東京からパリに出てきて、婚約者とけんか別れしたときから、気丈なわたしの将来はこうなるようにプログラムされていたのか。あなたにも頼れないしね」

「そんなこともないけど……。でも、お互い自分のやりたいことが見えているしね……。若いときみたいに、一時の激情で突っ走ることもないだろう」

「やっぱりあなたは理詰めね。わたしの頭と体はバラバラになりそう。もう一晩考えていい？」

六日目

ウイリアム・ヴァン・アレン『クライスラービル』、1930年
レキシントン街南405番地、マンハッタン

六日目

下船

——九月二三日

朝方《あさがた》、プロムナードデッキに出てみた。マンハッタン島が遠くに見える。やはり印象深い。絵葉書で見ていた摩天楼のビル群とは違って、遠望するニューヨークの街は意外にも小さくまとまっている感じがする。しかし、自分もあそこで生存競争に加わるのかと思うと、あつい気持ちがこみあげてきた。

これから自由の女神のそばを通って、桟橋に接岸するまでにはだいぶ時間がかかりそうだ。昨夜はヒロコと軽食堂で夕食をとってから、部屋で荷造りをしたのだが、タキシードをたたんだり、ボブの家があるロングアイランドの鉄道駅を書いたメモを探しているうちに深夜になってしまった。寝不足気味で、今朝は顔がはれぼったい。

ヒロコと一緒に下船すると、彼女はこれからまっすぐ宿泊先のウォルドルフ・ホテルに向かうという。超高級じゃないか！　ぼくでもその名前を知っているほど、アール・デコで有名なホテルだ。タクシーで彼女を送っていくことにした。

実質五日間の船旅だったけど、彫刻や壁画を見たり、往時を思いだしたり、意外な人たちとの出会いや対話もあったので、ずいぶんと長旅だったような気もする。最後にはヒロコの告白という予期せぬ出来事もあったし……。

なにか気の利いたことをいわなければと思いつつ、なにを話せばよいかと迷っているうちに、車はホテルに着いてしまった。

長距離の移動で、疲れていたのだろう。ぼくはお茶をする元気がなかった。彼女の荷物をベルボーイが受け取ったのを見届けると、あさってまた会おう、午後二時に迎えに来ると約束して、待たせておいたタクシーでグランド・セントラル駅に向かった。

ホテルから駅までは近かったが、途中、レキシントン街を南に下っているとき、遠くにクライスラービルが垣間見えた。尖塔が特徴的なのですぐにわかった。あのビルを見て、ニューヨークに着いたという実感がわいてきた。

駅で車から降りると、これも聞きかじったことがある地下のオイスターバーに立ち寄ろうかとも思ったが、荷物があるのであきらめて、まっすぐ郊外電車に乗ることにした。金持ちの別荘や大邸宅が散見されるロングアイランドのとある駅に着くと、電報で知らせておいたので、ボブが迎えに来てくれていた。

ボブは母国に戻ってから、パリでは控えていた牛乳をたくさん飲む習慣が戻ったらしい。車の助手席に座ると、バタ臭い匂いがした。ボブの父親の邸宅は、掛け値なしに大きかった。まさか密造酒で儲けたわけでもないだろうが、穀物かなにかの相場で当てたのだろう。フィッツジェラルドの小説にでてくるような白亜の豪邸である。

その豪邸の主人《あるじ》は今日は不在だというので、ボブの母親にあいさつをして、手土産にもってきたパリの装身具を差し上げる。

彼女は、「今日は蒸し暑いので、よかったらプールで身体を冷やしたらどうですか」とすすめてくれた。大理石のテラスにあるプールに目をやると、水は青く澄みわたり、階段の下にある芝生の緑と美しいコントラストをなしている。あそこで泳げば、アメリカの富豪の気持ちがわかりそうだ。疲れていたはずなのに、ぼくはさっそく飛びこんだ。

⁂

さて、ノルマンディー号の六日間の船旅はこれでおしまいである。ぼくとヒロコの道行きもあさってまでということになる。でもさっきホテルを出るときに見た彼女は、どこか物憂げだった。ぼくにとってこの船旅は、パリでの失敗からやり直す再起物語の序章だったが、ヒロコにとっては、逆にパリで築いた骨董稼業の終章をもたらすものとなったのかもしれない。

彼女はなにかをいいたそうだった。ぼくもなにかをいいたかった。でも、お互い言葉にならなかった。前からの知り合いだし、この六日間に濃密なやりとりがあったので、うわべの言葉なんか交わしたくないという心境だった。こんな気持ちに気の利いた表現を与えたからといってなんになるだろう。

彼女のはつらさとともに過ごした六日間を、このまま忘れてしまいたくはない。でもこの気持ちを伝えるには、偶然の後押しが必要だった。その偶然がまだない。

ヒロコは数日前に、合衆国でのぼくの人生に巻き込まれてもいいなどと、しおらしいことをいっていた。あれは話のあやで、そういっただけのことだったのか。

とにかく、あさってだ。ぼくのパリ回想もここまでだけど、読者のみなさん、もうすこしだけ付きあってください。

エピローグ

『摩天楼のガーゴイル』、1930年
クライスラービル、マンハッタン

エピローグ

途方もない提案
——九月二五日

摩天楼の労働者

いま、ぼくはウォルドルフ・ホテルに向かって歩いている。きのう一日ボブの家で羽を伸ばしたので、身体が軽い。たとえ戦争がはじまって敵国人になろうとも、フランス社会で生き抜いてやるとヒロコが決意したとすれば、彼女のパリ凱旋を祝福してやりたいという気持ちも高まってきた。


カフェテリアで待つこと一五分、ヒロコは例の白いシャネルのスーツで現れた。すべてに能動的な彼女によく似合う。シャンパンで乾杯する。

「それで、来週の船で戻るの?」と聞くと、「まだ、決めてない」という。

予定していたニューヨークでの商談は、あと数日で済むだろうけど、それ以外のことはまだ決心がつかないのだという。たしかにヒロコの交渉力ならば、アール・ヌーヴォーのガラスを卸す店を見つけて契約することくらい、たいした仕事ではないだろう。

「それ以外のことって？　ぼくの船室でいってたパリでの生活が不安だという話かな。その件だったら……」といいかけると、ヒロコは「それもあるけど、でもちがうの。エルデグのスクリュー写真が頭から離れないのよ」と遮った。

「大袈裟だなあ！　いくらあの写真に衝撃を受けたといっても、パリに帰らないと決意させるほどのものではないでしょう」

「エルデグが、わたしたちのこれからの生活を暗示しているように思えてしかたがないのよ」

ウォルドルフ・ホテルの内装は、アール・デコといっても、あえていえば一九二〇年代の新古典主義なので、――つまりなにがいいたいのかといえば、ちょっと重苦しいので、ここでぼくらの将来の話をすると、話が深刻になりそうで怖い。

しかし黙っているのも気まずいので、「それで、エルデグはなにを暗示しているの？」と、ぼくが話をうながすと、

「きのう、あなたがダルザス先生との対話でいってたことよ。科学技術の時代になって、合理主義デザインの波が押し寄せたとき、ブルジョワは工業芸術を盾にとってその波に抵抗したとあなたはいってたでしょう。でも、大衆にはその波にあらがう術《すべ》はないわ。彼らには工業用材料に美を付加するだけの経済力がないし、デザインの合理主義を批判する言説ももちあわせて

いないんだから。富裕層は勝手にやっていけばいいけど、大衆はもう自分自身の装飾をもてなくなってしまいそう。わたしはエルデグの写真に、それを突破する一縷の望みを見たけど、でもそれを実践するのは並大抵ではないでしょうね」と、ヒロコは話を進めていく。

「羊の群れでしかない大衆は、その実用性ゆえに、その安価さゆえに、無装飾のデザイン製品を生活に受け容れざるをえなくなるということか」

「あなたも以前いってなかった？　コルビュジエのサヴォア邸で、台所に並んでいる磁器製の食品容器を見たとき、〝理化学研究室の薬品瓶のようでうすきみ悪かった〟って。そういう生活がやってくるのよ」

「われながら激しいことをいったもんだ。たしかにそんな印象を受けたけど……。要するに、合理主義のデザイン思想は厳格だから、その製品の使用を強要されると、皆んなが平準化された生活をせざるをえなくなる、こうヒロコは心配しているわけだ」

「そうよ。そうなったら大衆は生まれ育った環境から引き離されて、気候風土とは関係なく設計された低所得者用の集合住宅に住んで、どこのどんな工場でも働かされる出稼ぎ労働者になってしまうじゃない。よくいえば、彼らは土地にしばられないコスモポリタンになるのかもしれないけど……」

「コスモポリタンとは言い得て妙だ。エルデグは感性の力を振り絞って、合理性一辺倒の機械製造品に抵抗しようとしていたからね。しかしヒロコの気がかりはわかったけど、ぼくには彼のような感性を自分の仕事に取り入れていく方法が、かいもく見当もつかない。第一、感性って思想と闘う武器になるんだろうか？」

「そこは、わたしもわからない。エルデグの感性は、わたしたちをどこかに連れて行ってくれるのか。それとも、あの感性は合理主義の壁であえなく粉砕されてしまうのか。それが読めないから、彼のみずみずしい感性が不憫なのよ！」と、ヒロコは物憂げにいうのだった。

「実をいえば、エルデグの感性はぼくのような中年にも、再起を期したいという意欲を奮い立たせてくれた。彼の写真に背中を押されて、ぼくにも家具の販売だけではなく、その製造にもかかわりたいという意欲が湧いてきた。あの若造の写真にはそんな力が渦巻いている。ところがいざ計画を立てだすと、合理主義に刃向かうことができない自分が弱者のように思えてくるんだ」

アール・デコの博覧会から一二年が経って、装飾はその思想としての力を喪失してしまったらしい。

ダルザス医師は、美を付加した工業用材料には新しい装飾の女神が宿ると信じていた。ぼくもそう期待する。けれどもその女神は、先生もいってたように、そのやさしい仮面を脱ぎ捨てようとしている。建築とデザインの思想的暴力に押されて、彼女は鵺《ぬえ》のような、底知れず薄気味悪い女神になりかねない。

「なあ、ヒロコ。隣の家と見分けがつかないような生活に嫌気がさした大衆や労働者は、安手なヒューマニズム芸術、民芸品、骨董品といった、精神を慰撫する趣味の世界に逃げ込んでしまうかもしれないね。だいたいあの種の芸術は、人が自分の力で芸術を生みだす努力をしなくても済むようにできているからね。お仕着せ、他力本願だ。誰かが喜ばせてくれるのを、口を開けて待っていればいい芸術なんだ。西洋にも人間の自力本願を軽視する、ジャンセニスムのキリスト教思想というのがあるというしね」

「他力本願だなんて、人間性の放棄みたい。わたしがやってきた骨董商だって、これでも一寸の虫にも五分の魂で、自分なりの信念があってやってきたのよ。ああ、なんでエルデグの写真なんか思いだしちゃったんだろう」とヒロコは嘆息した。

「そうだよな。ぼくもどうして他力本願なんか思いだしてしまったんだろう。結局ぼくらは、大衆がさらにバラバラになる社会が到来しつつあることに不安を感じているってことかな。でもだからといって、もうブルジョワが連帯していた時代には戻れないし……」

ヒロコの気持ちも揺れているらしい。

「もしもほんとうに、ダルザス先生がいってたようにブルジョワ集団が崩れつつあるんだとしたら、そしてその結果、誰もが同じような生活をする時代がくるんだったら厭だわ。ラリックは大衆向けにガラスの小悪魔を製作したけど、わたしは大衆にお仕着せのガラス花瓶を押しつけたくない。だってジローがいうように、装飾品はそれをもってる人、家庭、集団の生活を映す鏡なんでしょう⁉ わたしはお客さんの生活に、〝退屈〟を持ち込みたくないのよ！」

「進退きわまったね」

⁂

「実はわたし、あなたの今後を考えてみたんだけど……。話していい？」

「いつ考えたの？」

「こないだの告白の後よ」

「余力があったんだね」

「そんなこと、どうでもいいでしょう！　それよりわたしの計画を披露するとね、ニューヨークの富豪に、ダルザス先生が話していた前衛的な事務机を紹介したらいいと思うんだけど、どうかしら？」

「ぼくが〝宗旨替えをして、ピエール・シャローに高級事務机の設計を依頼するか〟っていったんで、それで思いついたわけか」

「それと、エルデグの写真ね。机の脚に使う鉄を、メッキで美化するんじゃなくて、鉄ほんらいの材質感に親しみがもてるような鉄の使い方をした机。そこに新素材のアルミニウムを加えてもらってもいいわ。あれなら最初からメッキをしないで済むでしょう。そんな机をシャローに依頼したらどうかしら？」

「それを摩天楼の企業経営者や上級管理職に売り込むというわけか。瓢箪から駒のような話だけどね」

「こうも、考えたのよ。摩天楼で会社を構えている人たちって、机にかぎらず工業製品を発注するときの主導権を、まだ握っているように感じたの。彼らは工業デザイナーに負けていないわ。やっぱり経済的躍進がめざましい企業の責任者たちだから、発言権がつよいんじゃないかしら。それに、彼らは労働者から立身出世したという気概も失っていない。そこがダルザス先生のような、旧大陸の裕福なインテリ層とは違うと思ったの」

「なるほど、工業デザイナーに設計の権限を奪われていないということか。アメリカでは自由・平等・友愛の理念や、バウハウスのデザイン思想よりも、金の力が物をいうんだ。いいところに気がついたね、ヒロコ。そこを攻めどころにしよう。そしてシャローのデザインは機能だけではなく、あなた方の企業経営における欲望や、人間としての感性を、かたちにして見せてくれるということを、セールスポイントにしよう」

ぼくがこう応じると、ヒロコの目の色が変わってきた。

「よく言い切ったね、ジロー。合衆国の富豪に、合理主義の実用一点張りとはひと味ちがう、シャローの鉄製高級事務机を提供したらいいのよ。それをする勇気がないなら、ルールマンのアール・デコ家具の輸入に甘んじていればいいんじゃない？」

「そんなに突き放すような言い方をしなくても……。ダルザス先生の〝今日の富裕層はもはやかつてのブルジョワとは違う〟という話や、いまのきみの考えを聴いているうちにぼくの気持ちも固まってきたよ。もうあれから一二年が経ったんだ。ぼく自身も変わらなければ。なんにしてもパリのブルジョワとは訣別だ！」

われ知らず、ぼくはこんな決意を口走っていた。

「だったら、あなたは本気でシャローに、鉄製高級事務机の量産用プロトタイプを依頼する気になったのね？」とヒロコは畳みかけてくる。

そして、「もしもあなたが本気なら、わたし、それを二人でニューヨークやシカゴのオフィスに売り込んでもいいわよ」といった。

ぼくはヒロコのこういう思い切りのよさに惚れたんだ。彼女のきゃしゃな身体のどこに、あんな情熱がひそんでいるんだろう。ここはひとつ彼女と組んで合衆国相手に勝負をかけてみるか。ぼくの表情を彼女がどう読み取っているのかはわからない。が、ぼくの気持ちはすでに固まっていた。

あとは、この気持ちを彼女にどう伝えるかだ。くどいようだが、ウォルドルフのカフェテリアは前向きな話には向いていない。

「このカフェテリアの内装は重苦しいよ。クライスラービルには、労働者の天井画やガラス絵があるそうだ。まずはそれを見て、アメリカの中産階級のことを考えてみないか。話のつづきは、それからだ」と、ぼくは追加注文したステーキ・サンドをほおばりながらいった。


ウォルドルフ・ホテルからクライスラービルまでは、地図で見ると一本道だ。レキシントン街を南に行くと、六ブロックしか離れていない。散歩がてら歩いていくことにする。ニューヨークの秋も、今日のように湿気のない日は気持ちがよい。

クライスラービルに行きたかったのは、いうまでもなくそれがアール・デコで有名な建築だからである。だがそれ以上に、一階ロビーにあるという天井画を見たかったからだ。その絵には、ビル工事に従事した建設作業員の姿が描かれているのだという。

この街で一番おしゃれなビルの天井に、つなぎの服を着た人たちの絵をもってくるなんて、なんとも場違いというか、見方によっては偽善の匂いがしなくもない。

けれどもその選択が労働者から成り上がってきた人たち、要するにアメリカンドリームを実現した人たちの人生観を反映しているとすれば、建設作業員の絵は、そんなアメリカ人の心意気を表明しているのだとも思える。いや、むしろその絵は、アメリカ人が労働を美徳としていることの証として解釈すべきだろう。

一九二九年一〇月に株価が大暴落するまで、ニューヨークは空前の好況にわいていた。経済と工学技術の発展で、マンハッタン島の再開発がすすみ、古い低層ビルがつぎからつぎへと摩天楼に建て替えられていった。とくにクライスラービルは、竣工時には世界一の高さを誇っていたくらいだから、建設には最先端の技術が応用されていたことだろう。

カンザス州のユニオン・パシフィック鉄道で、整備見習工をしていた高卒のウォルター・クライスラーが、全米を代表する自動車会社を起こして、自分の意思でメインロビーに労働者の絵を描かせたとしても、さもありなんといったところである。

パリのジャン・ダルザスが、医学で自己実現したことの証としてガラスブロックとH鋼の家に住んだように、機械や電気の工学を独学で身につけたクライスラーにとっては、労働者の絵は自画像だったのだ。そんなことを考えていると、散歩がてら歩きだしたのを忘れて、いつしか足早になってしまった。

一階ロビーの天井だけでなく、六三階の役員会議室にも、職工たちが自動車を組み立てている場面のガラス絵があるというので、そちらも見てみたいのだが、さて、そんな場所にまで忍び込めるかどうか……。

一階ロビーには、あっけなく侵入することができた。一階内部の通路沿いにブティックがいくつかあるので、そこの客のような顔をしてロビーに入った。見上げると、たしかに天井画があった。

ヒロコが、「なんだか昔の宮殿みたいだね、天井画があるなんて。でも天使じゃなくて、つなぎ服のいかつい男たちが描かれている。革命後のソヴィエト連邦みたいじゃない?」などといっている。

絵の場面は、H鋼をクレーンで吊り上げているところだ。H鋼といっても、ごっつい。躯体そのものだ。これと較べれば、ダルザス先生の家のH鋼はマッチ棒のようだった。

そこに描かれている労働者は、現実の労働者そのものだった。たとえていえば、その絵は建築作業中の記録写真に、色を着けただけのように見えた。ヒロコのいう社会主義リアリズムの絵のほうが、まだしも小綺麗に描かれているだろう。つまり、〝絵〟になっている。

「そうか。これを見てジローのいう装飾の意味がわかったわ。この天井画は絵とは別物だし、かといってソ連のプロパガンダでもない。アメリカンドリームの成功者たちの、プライドを示す装飾だとしかいいようがないわね」と、ヒロコは合衆国に来て装飾の意味をプラグマティックに理解したらしい。

「そうだよ。この天井画は、アメリカ人が成功してから後も、自分たちの精神が労働者集団に帰属しつづけていることの証明なんだよ」とぼくはいって、装飾の思想としての力が新大陸では、有効でありつづけていることを噛みしめた。

マリアンヌのいない国で

「このビルは、いつ建てられたんだっけ?」とヒロコが質問するので、

「ぼくのクライスラービルにかんする知識は、きのう読んだ本から得たものだけどね」とその本を見せながら前置きをして、「着工は一九二八年九月で、竣工は三〇年五月。二五年の博覧会開催と、三五年のノルマンディー号就航の、中間の時期に建設されている」と説明した。

「そんな時期に、どうして労働者の絵が描かれたんだろうね?」とヒロコは、やはり天井画の主題が気になるらしい。

「それはもしかしたらこのビルの建築家が、コルビュジエのような近代建築の求道者ではなか

ったからじゃないかな。その人はチャイルズという、レストラン・チェーンの店舗を設計してきた商業ビルの専門家だった」

「どういうこと？」

「ウイリアム・ヴァン・アレンという建築家なんだけどね、彼はよくいえば外観の楽しさを追う人、ありていにいえば施主の願望を裏切らない人だった」

「天井画は、施主の要求を受け容れた結果に過ぎないというわけ？」

「ここに来る途中、このビルが遠くに見えたとき、ヒロコはビルのてっぺんがゴシック聖堂の尖塔のようだといってたよね。ほんとうにそうなんだけど、あの尖塔だって、なんで超高層ビルの屋上についているのか、考えてもわからない。あれだって、意外性を狙う施主の意図をアレンが汲んだんだろう」

「そうか、マンハッタンの中心に目の覚めるようなビルを建てて、店子が争って入居すれば、ビルの施主も、建設費の出資者も、ビルをあおぎみるニューヨーカーも、みんながハッピーになれるということね。そういう意味で、ジローはアレンを商業ビルの建築家だといったんだ」

「そうだ。これだけの高層ビルを建てるんだから、アメリカの建築家も先端科学技術を駆使しているんだろうけど、技術を使う目的は理念の追求ではないね。マンハッタンの高層ビルは、バウハウス建築ほど素っ気なくはない。かといって、ガラスの家のように耽美主義も感じられない。アメリカではビルの施主も建築家も、理念よりも、そこに入居する人間の気持ちのほうに重きを置いている」

「わたしもそう思う」


「たとえばこのビルの六一階には、四隅にガーゴイルが設置されているんだよ」

「ガーゴイルって、ゴシック聖堂の屋根に付いてるグロテスクな怪物でしょう?」

「真横に飛びだしているから、ほんらいは雨樋なんだけど、聖堂の魔除けみたいだよね」

「なんであんな怪物が、真新しい高層ビルに付いていているわけ?」

「天たかく聳《そび》えるゴシック聖堂のようなビルだからという理由で、そこに尖塔とガーゴイルを組み込むなんて、ひねりのない連想だとぼくも思うけど、それが施主や出資者の目立ちたがり屋精神を満足させるとアレンは考えたんだろう」

「こんな話をコルビュジエが聞いたら、どんな顔をするだろうね」とヒロコがいうので、「でも、摩天楼を発注した人の多くは金融業者、はっきりいえば投資家だった。このビルだって、最終的にはクライスラー本人が自己資産から建設費を出したけど、当初の施主は、不動産と劇場を専門に投資していたレイノルズという人だったそうだ。ついでにいえば一年後に竣工するエンパイアー・ステートビルの出資者は、株式投資家のラスコブ、財閥のデュポン、それにニユーヨーク州知事だったスミスという面々だった。だから、旧大陸で新しい建築の施主となった人たちとは全然ちがっていたんだよ」と、ぼくが一夜漬けの知識を披露すると、

ヒロコは「マンハッタン島って、金融業者たちの装飾だったんだね」と、摩天楼をちょっと馬鹿にしたようなことをいった。

「でも、そうなんだろうな。ウイリアム・ヴァン・アレンだって、このビル以後、建築から足を洗って彫刻をはじめているしね。ニューヨークでは誰もが建築を、一時的なビジネスと見なしているんだろう。アメリカでの建築は、コルビュジエのように人生を賭けて金満家たちの装飾趣味を攻撃する道具じゃないんだ」とぼくも自分を納得させた。

「そろそろ六三階の重役会議室に行きたいんだけど、いい方法はないかな?」というと、ヒロコがひと肌脱いであげようかといいながら警備員のほうに近づいていった。よく聞こえないけど、パリの話を交えながら、われわれの来意を告げているらしい。

ヒロコの交渉が功を奏したのか、それともその警備員がお人好しだったのか、ともかく彼が上層階に案内してくれることになった。

六三階でエレベーターから降りると、役員会議室はすぐ前だった。「五分間だけだよ」という警備員の声に送られてドアを開けると、自動車を組み立て作業中の職工たちの絵が目に入っ

てくる。端のほうでは、エンジニアが製図板に向かって車の設計図を描き、反対側では労働者たちがタイヤを吊り上げている。

ガラス絵だけに、一階の天井画と較べると絵としてはよくできている。ひとことでいえば上品だ。だけどなんだか食い足りない。一階の絵からは、男たちの仕事にかける誇りが伝わってきたのに、こちらの絵ではクライスラー社の成功譚が鼻につく。でも、役員になっても現場を忘れまいとする姿勢は、やはり労働を美徳とする信念に裏づけられていたのだろう。

うながされて部屋から出ると、警備員はエレベーターとは違う方向の大きな窓を指さした。近寄って外を見ると、ヒロコもぼくも息をのんだ。巨大なガーゴイル越しに、マンハッタンの林立するビル群が見えたのだ。夕暮れが迫っていた。ビルとビルのあいだから見える地上は、靄《もや》がかかって山あいの深い谷のようだった。

ヒロコは、パリの街を思いだしているようだ。

「パリに来て、まだすべてが珍しかったころ、ノートルダム寺院の塔に登ったことがあるわ。そのときガーゴイル越しに見た街は、中世のままで沈鬱だった。ガーゴイルも悪魔のような姿をしていたけれど、パリの街も神話と伝説に支配されているようだった。でも、ニューヨークはちがうわね」

「ここではガーゴイルが、グロテスクな顔で人を恐怖におとしいれようとしても、ニューヨークの街のほうが優勢で、ガーゴイルは漫画のちょい役にされている。アメリカはヨーロッパの遺産を堂々と消費して、新しい芸術を生みだすんだ」

「わたしもこの光景を見て、新大陸にきたと実感したわ」

「なあ、ヒロコ。この国の高層ビルを、シャローの鉄製事務机で埋めつくしてやろうか」

「その意気ね」

「そしていつの日か、ひときわ多くの鉄製事務机が並ぶビルのフロアで、一緒にぼくらの会社を立ち上げよう」

「それって、もしかして?」

「そう。ウォルドルフからここまでの道すがら、いつ切りだそうかと考えてきたんだ」

そして、「きみの気持ちは?」と訊くと、ヒロコは、

「あのときあなたは、〝ぼくはきみの心に空いた穴を埋めるために、きみを愛することなんてできないよ〟なんていうんですもの……。国際結婚の相手を探さなければと思っていたのよ」

「理屈っぽいのが、ぼくの悪いところだ」

「でも、もういいわ。嬉しい！　それになんといっても、マンハッタンの会社社長になれるん

だしね。ゾクゾクする。クリニャンクールの蚤の市通いからも足が洗えるしね。骨董探しの勝負は早朝なのよ。つらかった」

「あのう、どっちが社長になるかという件は、後で話し合わない？　それより、もしかしてきみは朝が弱いの？」

「覚悟しておいてね。朝食はあなたの当番よ。でも、あなたはほんとに会社を起こす決心をしたの？　相棒はわたしでいいの？　合衆国にはマリアンヌはいないのよ。ここで生きる人たちは、理想を掲げて連帯なんかしない。ここはとことん競争社会なんだから……」

「きみがぼくのマリアンヌだ」といおうとしたそのとき、突然、窓の外に閃光が走った。あまりのまぶしさに、しばらく目が見えなくなる。ガーゴイルに組み込まれた尖塔をライトアップする照明にスイッチが入ったのだった。

註

(1) Le Corbusier, *Eshétique le L'Ingénieur Architecture, Vers une architecture*, Les Éditions G. Crès et Cie, 1923

(2) Bernhard Groethuysen, *Origines de l'esprit bourgeois en Franc. 1–L'Église et la Bourgeoisie*, Éditions Gallimard, 1927

(3) 同右

(4) アポロドーロス『ギリシア神話』、前一世紀頃か

(5) Paul Maenz, *Art Deco 1920–1940*, Du Mont Buchverlag, Köln, 1980

(6) *Les artistes contre la tour Eiffel*, Le Temps, 14 février 1887

(7) Walter Gropius, *The New Architecture and the Bauhaus*, 1935

(8) Exposition Internationale Arts et Techniques dans la Vie Moderne, Guide Officiel, Paris 1937

アフリカの女

パリに生きた日本人による「装飾をめぐる対話」

2024年1月30日　初版第一刷

定価	1350円+税
著者	長者町岬
装画	岡村桂三郎
挿画	鈴木敬三
デザイン	大西隆介+清水真実（direction Q）
発行所	現代企画室
	東京都渋谷区猿楽町29-18 ヒルサイドテラスA8
	Tel. 03-3461-5082　Fax. 03-3461-5083
	http://www.apc.jca.org/gendai/
印刷所	中央精版印刷株式会社

ISBN 978-4-7738-2401-8 C0093 ¥1350E
Printed in Japan

本書を製作するにあたり、株式会社竹尾に格別のご協力を賜りました。
記してお礼申し上げます。